KB211635

지금 여기에서

지금 여기에서

초판 1쇄 인쇄일 2014년 10월 23일
초판 1쇄 발행일 2014년 10월 30일

지은이 김진웅
펴낸이 양옥매
디자인 송다희
교　정 전수정

펴낸곳 도서출판 책과나무
출판등록 제2012-000376
주소 서울특별시 마포구 월드컵북로 44길 37 천지빌딩 3층
대표전화 02.372.1537　**팩스** 02.372.1538
이메일 booknamu2007@naver.com
홈페이지 www.booknamu.com
ISBN 979-11-85609-82-9 (03810)

이 도서의 국립중앙도서관 출판시도서목록(CIP)은 서지정보유통지원 시스템
홈페이지(http://seoji.nl.go.kr)와 국가자료공동목록시스템
(http://www.nl.go.kr/kolisnet)에서 이용하실 수 있습니다.
(CIP제어번호 : CIP2014030469)

*이 책은 2014년 충북문화예술 육성지원금 일부를 지원받아 발간되었습니다.

지금 여기에서

책과나무

작가의 말

올해도 기상 이변이 일어나고 있네요. 국토가 좁은 우리나라인데도 지방에 따라 태풍, 폭우 피해를 보기도 하고, 가뭄에 시달리기도 합니다. 우암산으로 산책을 다니다가 하지가 되도록 산 아래의 작은 논에 모내기도 하지 못한 것을 보기도 하였지요. 극심한 가뭄과 불볕더위에 지쳐서 비를 몰고 오는 태풍을 기다리기도 할 정도랍니다. 천만다행으로 기다리고 기다리던 비가 내릴 때는 모두 비를 반기고, 활력이 넘치는 모습입니다. 이를 보고 있자니 오랜 가뭄 끝의 단비 같은 사람이 되어 참신한 글을 쓰고 싶어집니다. 이렇듯 대자연의 힘은 위대하고, 우리도 자연의 일부이며 감성을 키우는 자양분이 됩니다.

어언 41년 6개월 동안 학교 교육 현장에서 근무하며 보람도 많았고, 자라나는 꿈나무들에게 글쓰기를 지도하여 나름대로 많은 열매도 맺게 하였습니다. 하지만 필자는 늦어도 너무 늦었지요. 틈틈이 연마하며 뒤늦게나마 신춘문예 등을 노크해 보며 설레는 마음으로 소식을 기다려 보았지만, 등단 준령(峻嶺)에 오르는 것은 호락호락하지 않았나 봅니다. 그때마다 신발 끈을 고쳐 매고 우보(牛步)라도 밤을 지새우며 '할 수 있다.'는 긍정의 힘을 믿고 걷다 보니, 몇 년 전 신인 문학상 당선 소식이 날아들었지요. 반가운 낭보(朗報) 덕분에 늦깎이지만 싹을 틔워 싱그럽고, 튼튼하게 자라려 힘쓰고 있습니다. 아직 필자에게 '수필가'라는 이름은 등단하는 과정을 거쳐 수필가를 지향하는 정도의 의미만 있는 것 같지만······.

수필 등단 후, '큰 나, 온 세상, 하늘'이라는 의미의 순우리말에 심취하고 좌우명처럼 여기고 싶어, 아호를 '한울'로 쓰며 힘썼습니다. 그러다 보니 좋은 글을 쓰기 위해서는 각고의 노력과 준비 과정을 거쳐야 함을 알게 되었습니다. 마음의 밭을 갈며 성실하게 사는 것도, 사물이나 사람을 대할 때 그 깊은 곳을 뚫어 보는 관조의 힘을 기르는 것도, 수양과 보람 있는 다양한 체험을 하고, 좋은 책과 좋은 작품을 음미해 가며 많이 읽고 쓰는 것도 하나의 준비 과정이라는 것 또한 깨달았습니다.

틱낫한의 말처럼, 종종 '나'를 무시하고, 나를 남과 비교해 내가 가지지 못한 것을 찾아낸 다음 나를 깔보기도 하고, 나를 질책하기도 하고, 나를 '못난이' 취급도 한 것 같아 부끄럽습니다. 삶을 바꿀 수 있는 힘은 내 안에 있는데, 내 안에는 상상할 수조차 없는 큰 힘이 내재해 있는데……. "삶이란 지금 이 순간, 즉 현재라는 찰나의 시간 속에만 존재한다."는 교훈도 값집니다.

괴테는 "오늘이란 너무 평범한 날인 동시에 과거와 미래를 잇는 가장 소중한 시간이다."라고 하였고, 법정 스님도 "지금 이 순간이 생애 단 한 번의 시간이며 / 지금 이 만남은 생애 단 한 번의 인연이다. / 一期一會는 살아 있는 사람들에게 주는 / 가장 귀중한 시간이다."라고 가르쳐 주었지요.

행복은 누가 가져다주는 것이 아니고, '지금 여기에서' 하는 일에 충실하고, 몰입하고, 즐기면서 내 생활 속에서 마음속에서 찾고 누리는 것이라는 사실도 알았지요.

또한, 미국의 정치지도자이며 유명한 연설가인 로버트 인젠솔도 필자의 생각을 대변하는 듯 "행복을 즐겨야 할 시간은 지금이다. 행복을 즐겨야 할 장소는 여기다."라고 했답니다.

등단 후 틈틈이 쓴 글을 청탁받아 충청일보 등에 게재한 편린(片鱗)들 중에서 비교적 초기에 쓴 글들을 모으고, 어떤 글은 약간 보완도 해서 〈지금 여기에서〉란 수필집을 엮어 보았습니다. 대부분 한 번 발표했던 글이고, 아직 아람이 아닌 듯 미흡한 글이지만 그동안의 소중한 보람과 수확이고, 교육자로서 외길을 걸어온 희로애락의 족적이기에 저의 첫 수필집으로 조심스럽게 세상에 선보입니다. 많은 지도 편달과 더불어 뜨거운 성원과 사랑 부탁드립니다.

첫 수필집 탄생을 계기로 앞으로 더욱 사랑이 바탕이 된 글, 많은 사람들이 공감하고 감동이 되는 글, 가뭄 끝에 단비 같은 글 쓰기에 정진하렵니다. 또한, 한 번 지나가 버린 것은 다시 되돌아오지 않으니 수필을 통하여 그때마다 감사하고 즐기고 치유하고, 많은 체험을 하며 삶을 보다 즐겁고 풍요롭고 보람 있게 가꾸어 나가도록 힘쓰고자 합니다.

이 책을 보시는 모든 분들께서 계절에 관계없이 사시사철 피울 수 있는 웃음꽃이 만발하길 기원합니다. 감사합니다.

2014년 10월
아름다운 가을에
저자 김 진 웅

| 차 례 |

다섯째마당

교육 사랑
나라 사랑

여섯째마당

작은 등용문
신인 문학상

사랑합니다

이 세상에 좋은 말도 무척 많겠지만 '사랑'이라는 말처럼 어감도 좋고, 말하거나 듣기만 하여도 저절로 즐겁고, 정겹고, 행복해 지는 아름다운 말이 또 있을까!

학교에서뿐만 아니라 가정에서, 또 전국 방방곡곡에서 이런 인 사말을 즐겁고 정겨운 마음으로 생활화하여, 가슴이 따뜻하고 행복한 가정, 선진 복지 사회가 되었으면 하는 바람이다.

사랑합니다

필자가 근무하는 우리 학교 어린이들은 참으로 사랑스럽고, 정겹고, 상큼한 인사를 하고 있다. 대부분의 학교나 어른들이 "안녕하세요."라는 인사말을 하고 있는 것과는 달리 "사랑합니다."라고 인사할 때면, 교직원들도 "사랑합니다," "사랑해요."하고 함께 반갑게 인사를 나눈다. 상냥한 태도로 방긋방긋 웃어가며 "사랑합니다."하고 인사를 할 때면 아무리 무표정한 사람도 함께 미소를 지으며 즐겁게 "사랑해요."를 하게 된다.

학교에서뿐만 아니라 가정에서도 부모님과 어른들께 가슴에서 우러나오는 마음으로 이렇게 인사를 하고 '사랑합니다.'를 생활 속에서 실천하도록 효경 지도를 하고 있다. 이런 자녀들의 영향인지 대부분 학부모님들도 사랑과 관심으로 학교를 신뢰하고, 긍정적으로 성원하여 주는 훌륭한 분들이라고 교직원들은 이구동성으로 칭송을 한다. 교직원들이 이러한 신바람 속에 더욱 알차고, 열심히 가르치며 근무하니 우수한 학력도 바람직한 품성도 저절로 길러진다. 우리 교직원들도 충청북도교육청의 방침대로 전화를 받을 때 "사랑합니다."로 시작하고, 교육감님께서도 각종 행사 때 "사랑합니다. 존경합니다."로 인사 말씀을 마무리하신다.

이 세상에 좋은 말도 무척 많겠지만 '사랑'이라는 말처럼 어감도 좋고, 말하거나 듣기만 하여도 저절로 즐겁고, 정겹고, 행복해지는 아름다운 말이 또 있을까! 대부분 사랑의 의미를 이성 간의 사랑이나, 윗사람이 자식이나 제자 또는 아랫사람을 아끼고 소중히 여기는 사랑 등 사전적 의미로 알고 있을 것이다. 하지만 우리 학교의 인사말인 '사랑합니다.'에는 자식이나 제자가 부모나 스승이나 어른을 공경하고 따르는 마음 상태와 다짐, 다른 사람을 아끼고 위하며 소중히 여기는 마음 또는 그런 마음을 베푸는 일 등을 실천하려는 다짐이 들어 있다.

우리 학교에서뿐만 아니라 가정에서, 또 전국 방방곡곡에서 이런 인사말을 즐겁고 정겨운 마음으로 생활화하여 누구나 언제 어디서나 가슴이 따뜻하고 행복한 가정, 선진 복지 사회가 되었으면 하는 바람이다.

어느덧 어린이날과 어버이날이 있는 가정의 달이다. 대부분 사람들이 내 아들 딸들은 극진하게 보살피고 있다. 과잉보호라는 말이 있을 정도로……. 내 자녀뿐만 아니라 다른 어린이들도 내 아이처럼 사랑하고 보호하여 주는 아름다운 분위기를, 요즘 봄 꽃들처럼 꽃피우면 얼마나 좋을까!

　본교는 차량 통행이 매우 빈번한 대로와 접해 있는 관계로 항상 통학 길이 위험하다. 녹색어머니회를 비롯 여러 분들이 갖가지 어려움을 무릅쓰고 등·하교 지도를 하느라 안간힘을 쓰고 있지만, 어린이 보호 구역인데도 때로는 신호조차 무시하고 달리는 차량 때문에 늘 걱정이다. 또한, 교문 앞 4차선 도로에는 주차 단속 카메라가 있어, 후문으로 이어지는 좁은 길에 주차를 하니 매우 심각한 상황이다. '주차 금지' 시설물을 비웃기라도 하듯 그 옆에다 주차를 하고, 심지어는 횡단보도까지 막아 놓아 차량 사이로 통행을 하는 것을 볼 때면 어린이들에게 부끄럽고 서글프기도 하다. 전화와 안내문을 통하여 진솔하게 협조를 구하니 요즈음에는 감사하게도 협조를 해 주는 분들이 점점 늘어나고 있어 참으로 다행이다.

　이번 어린이날과 가정의 달부터라도 모든 사람들이 '나 하나쯤'이 아니고 '나부터' 모든 어린이들을 내 자녀처럼 사랑하고 보호하는 뜻으로 서행을 하고, 최소한 통학로를 확보하여 보다 안전하고 즐거운 학교 길이 될 수 있도록 배려하여야 하겠다. 그렇게 되면 사랑스러운 학생들은 모든 어른들에게 가슴에서 우러나오는 존경심으로 "사랑합니다."하며 자연스럽게 생활 속에서 사랑과 존경을 배우게 될 것이라고 되뇌어 본다.

"사랑합니다."

"사랑합니다."

- "기고" 〈충청일보〉, 2010년 5월 4일

지극한
모성애

가정의 달 5월은 어느 때보다 기념일과 행사가 많은 달이다. 어린이날, 어버이날, 스승의 날 및 부처님 오신 날 등의 많은 날이 형식적인 행사에 그치지 않고, 그 안에 담긴 올바른 의미와 사랑을 마음속에 되새기며 실천하는 계기가 되었으면 하는 바람이다.

어느덧 가정의 달이요, 감사의 달인 5월도 하순으로 접어들고 있다. 부모님 이야기를 하는 사람들을 보고 문득 '나는 고아'라는 생각이 들어 지난 일요일에 고향에 있는 산소에 다녀왔다. 가수 ○○○의 노랫말처럼 너무나 가난하던 시절에 여러 남매를 키우느라 온갖 고생을 하시다 돌아가신 부모님 생각이 간절해서다. 승용차의 라디오에서도 내 마음을 대변하기라도 하는 듯 〈사모곡〉 노래가 흘러나왔다.

무명 치마 졸라매고 새벽이슬 맞으시며 / 한평생 모진 가난 참아 내신 어머니 자나 깨나 자식 위해 신령님 전 빌고 빌며……

숙연한 마음으로 성묘를 하고 나서 잡초를 뽑고, 주위 산을 둘러보니 나날이 싱그러워지는 신록은 내게 오라고 손짓을 했다.

어머니께서는 산나물을 뜯어 오시곤 하셨다. 그 때는 안 먹는다고 투정을 부렸는데 그 나물죽이 지금은 불현듯 먹고 싶어진다. 아마 쌀을 아끼느라 자주 끓여 먹었을 게다. 어머님께서 나물을 뜯으러 다니셨을 이 산에서 산나물을 찾아보았다. 간혹 있는 취나물과 고비 등을 뜯으며 다니다 보니, 참나무 밑동 아래에 앉은 채로 죽은 듯한 새가 있었다. 자세히 살펴보니 까투리 같았다. 하마터면 밟을 뻔했는데도 놀랍게도 날지 않았다. 깃털이 빗은 머리처럼 가지런한 것으로 보아 죽은 것 같지는 않았다. 가까운 곳 가랑잎을 툭툭 건드렸더니 조그만 눈망울만 또르르 굴리는 것이 아닌가! 내 눈을 의심하며 또 건드리니 똑같은 반응을 하였다. 직감적으로 알을 품고 있다는 것을 알았다. 금방 화들짝 날아오를 것 같았지만, 이 까투리는 미동도 안 하고 나에게 알을 보여주는 것조차 허락하지 않았다. 더 지켜보려다 까투리에게 미안하고, 방해가 될까봐 일어섰다. 보기 어려운 모습이고, 요즘 응석을 부리며 자라나는 어린이들에게 보여 주면, 부모님의 은혜를 깨닫게 할 수 있을 것 같은 욕심에 핸드폰으로 조심조심 사진을 찍고 먼발치로 발걸음을 옮겨 생각에 잠겼다.

'만약 뱀, 오소리, 매 등이 오면 어떻게 할까? 그 때도 도망가지 않고 숙명적으로 맞설 수 있을까? 제발 무사하게 꺼병이들이 부화해야 할 텐데…….'

잠시 후 그 자리를 떠났어도 포란하는 어미 새의 모습이 눈에 선하고, 한낱 날짐승이지만 목숨을 건 진하고 지극한 모성애(母性愛)에 가슴이 뭉클하였다.

'아! 그래서 꿩의 색깔이 가랑잎 색깔과 비슷하고, 마치 나무토막이나 가랑잎처럼 위장하여 죽은 척하는구나. 위험에 처한 거미가 죽은 체하는 것처럼. 무려 23일 정도나 제대로 먹지도, 자지도 못하고 사투를 벌이다 보면 아마 가슴이 숯등걸이 되지나 않을는지…….'

하찮은 꿩도 이러한데 하물며 만물의 영장인 사람은 어떻겠는가! 오직 자식을 위하여 살며 자나깨나 자식이 훌륭하게 되기를 바라시며……. 이런 까투리 모습을 보고 반성하면 아무리 철부지라도, 사회의 독버섯 같은 사람들도 벅찬 감동을 받아 가슴이 따뜻해지고, 어버이의 감사함과 지극한 모성애를 깨달아 새사람이 될 수 있다고 가정의 달에 강조해 본다.

- "김진웅 칼럼" 〈충청일보〉, 2010년 5월 19일

부처님
오신 날

　지난주 5월 10일은 불기 2555년 부처님 오신 날이었다. 북인도 카필라 왕국(지금의 네팔 지방)에서 모든 세속을 버리고 불교를 일으켜 세운 석가모니가 탄생한 역사적인 날이다.

　부처님 오신 날을 앞두고 지난 5월 6일, 청주·청원불교연합회가 주최하는 봉축 대법회가 청주 무심천변에서 열려 동참하여 보았다. 스님들을 비롯하여 지역 기관단체장, 국회의원, 불자들과 시민 수천 명이 운집한 가운데 봉행되었다. 지난달 사직동 분수대에서 장엄탑 점등식을 시작으로 5월 10일까지 봉축 기간으로 정하고, 봉축 표어로 '함께하는 나눔, 실천하는 수행'을 내세워 행사를 개최하였다고 한다.

식전 행사로 지난 해 구제역으로 살 처분된 가축의 영혼을 위로하고 부처님의 가피로 고통스러운 삼악도를 벗어나 정토에 왕생하기를 기원하는 축생 위령천도재도 봉행되었다고 한다. 사람뿐 아니라 모든 생명은 고귀한 것이니, 참으로 뜻 깊은 일이라고 생각된다.

개회 선언, 점등, 헌화, 관욕, 삼귀의, 찬불가, 반야심경, 발원문, 봉축사, 청법가, 법어, 축사, 봉축가, 사홍서원 등으로 봉축법회가 진행되어 깊은 감명을 받았다. 특히 회장 스님의 봉행사에서 "진리의 등불이신 부처님께서 이 땅에 오심은 일체중생에게 희망이요, 행운이 아닐 수 없다."며, "부처님께서 이 땅에 오심으로써 자신이 우주 인생에 주인공임을 알게 되었고, 중생의 생사고해를 벗어나 피안의 주인이 될 수 있음을 깨닫게 되었다."는 말씀은 심금을 울려 주었다.

코끼리, 용 등을 소재로 한 장엄 연등을 앞세운 제등 행렬은 볼거리를 제공하며 시가지를 수놓았다. 청주대교를 시작으로 상당공원까지 진행되는 동안 옷깃을 여미게 하고 자아를 성찰하여 보는 소중한 기회도 가질 수 있었다. 연등은 '등불을 밝힌다.'는 말로 부처님께 공양하는 방법 중의 하나이며, 번뇌와 무지로 가득 찬 어두운 세계를 밝혀 주는 부처님의 공덕을 칭송하고 깨달음의 세계에 이르고자 등에 불을 밝히는 것이다. 제등 행렬을 보니, 단순히 불교 행사만이 아닌 시민 축제로 자리매김하고 있는 것 같아 기뻤다.

다른 종교인들도 행사에 참석하고, '부처님 오신 날을 축하합니다.'라는 현수막을 내걸며 축하를 해 주는 것은 참으로 고무적인 일이다. 모든 종교의 궁극적 목적은 사랑과 자비일 것이다. 서로 존중하여 주며 실천을 하면 결국 이를 계기로 자연스럽게 서로 간의 대화와 화합이 이루어질 것이다. 최근 신공항, 국제 과학벨트 등 유치 문제로 인한 지역별 혼란스러움도 이런 정신으로 화합된다면 얼마나 좋을까!

부처님 오신 날을 맞이하여 텔레비전에서는 대한불교 조계종 제5교구 본사인 속리산 법주사 등 전국 각 사찰에서 거행되는 법요식과 다양한 행사 모습을 보여 주어 매우 유익하였다. 이를 통해 부처님의 자비와 은혜를 세상에 알리고, 석가탄신의 의미를 되새겨 볼 수 있게 하였다.

어느 원로 스님의 말씀대로 깨달음으로 가는 길을 선(禪)이라고 하는데, 선의 특색은 '지금 이 순간을 잘 사는 것'으로 모든 생은 인과(因果)이고, 항상 지금의 삶에 충실하며 최선을 다해야 한다는 교훈도 배웠다.

또한, "나를 미워하는 사람을 안타깝게 여기고 연민하여야 한다. 상대방을 미워하는 건 곧 자해하는 것이다. 상대가 나에게 피해를 준 것도 억울한데 왜 나까지 스스로를 자해하느냐?"는 부처님 말씀도, 반면교사(反面敎師)의 의미도 어렴풋이 알 것 같았고, 이러한 가르침을 생활 속에서 실천하자고 되새겨 보았다.

- "김진웅 칼럼" 〈충청일보〉, 2011년 5월 20일

교육실습생을 맞이하며

　지난 월요일 청주교육대학교 4학년 52명이 우리 학교로 교생 실습(教生實習)을 나왔다. 본교는 지난해에 이어 충청북도교육청 지정 교육실습 운영을 하고 있다. 월요일이고 실습 첫날이라 무척 바쁜 아침이었다. 대학교에서 필자도 참석했던 실습 협의처럼 버스 운행을 해 주어 훨씬 수월하게 교생 선생님들이 출근을 할 수 있었다.

　개강식에 이어 운동장에 나가 애국 조회를 하며 전교생에게 실습생 소개와 인사를 한 후 실습을 시작하였다.

　학교장 환영사에서 머지않아 선생님이 될 교생 선생님들을 환영하며 몇 가지 당부를 하였다. 필자도 그 대학과 대학원을 졸업하였기에 더욱 반가웠고, 알차고 보람 있는 교육실습이 되도록 힘껏 지원하겠다는 말도 곁들였다. 실습생 중 최준섭 전체 대표의 진솔한 인사말도 미덥고, 가슴에 와 닿았다.

"안녕하세요? 4, 5월의 바쁜 학사 일정에도 교생실습의 소중한 기회를 제공하여 주시는 데 대하여 우선 감사드립니다. 4주간의 짧은 기간이지만, 교장 선생님의 경영 방침과 복무규정을 준수하고 귀염둥이 어린이들과 함께 최선을 다하여 실습에 적극적으로 참여하여……."

교사로서 갖추어야 할 지식, 기술, 태도 등을 본교의 교육 여건 속에서 체험하며, 경험의 폭을 넓혀 교직의 전문적 자질 향상을 도모하는 데 교육실습은 매우 의미 있고 중요한 과정이다.

학교 현장에서 일어나는 교육 과정의 전반과 생활 지도, 학생들의 성장 발달에 적합한 다양한 학습 지도 및 복무 이행 등 일상적인 교육 활동을 관찰하고, 현장 교사들이 수행하는 다양한 교육 활동을 직접 경험함으로써 대학에서 배운 이론과 지식, 기능을 현장의 맥락 속에서 실천하고 재구성해 보는 교사 양성 교육 과정의 중요한 한 영역인 것이다.

학교장 특강 시간에 학교 현황과 경영에 대하여 간단히 설명하고, 오늘날 우리 사회는 급속도로 발전하고 있고 교육 또한 무한 경쟁 체제로 전환되어 혁신적으로 변화하고 있으므로 많은 경종과 대처를 하여야 한다는 것과, 머지않아 일선 학교에 발령을 받을 훌륭한 선생님이 되기 위하여 바람직한 교사상과 교육 방법에 대해 함께 생각하여 보았다. 실습생들의 참신하고 진지한 태도에 우리 교육의 희망찬 미래를 보는 듯했다.

특히 교육실습의 마지막 단계인 4학년생들은 단위 시간의 수업을 독립적으로 수행하고, 담임교사의 하루 일과를 온전하게 담당하는 경험을 하게 함으로써 자신의 교직 수행 덕목을 총체적으로 점검하고 보완해 갈 수 있는 기회를 제공하는 데 이번 실습의 중점을 두게 된다.

1일 학급 경영을 해 보는 '학교 학급 경영' 교수-학습 과정안을 작성하고 수업을 실행하는 '교수-학습' 학생·학부모와의 상담 원리를 이해하고 적절히 대처할 수 있는 '학생 이해' 교육행정정보시스템(NEIS)에 대한 이해와 실무 능력 등을 기르는 '행정 업무' 등의 교육실습을 하게 된다.

모쪼록 4주간 이루어지는 교육실습이 어린이들의 학습과 생활에도 많은 도움이 되고, 예비 교사의 교직 적성 파악, 학교 교육 현상의 이해, 교육 이론과 실천의 접합, 대학과 현장의 발전 등 목적을 달성하며, 장래 교육자로서의 자세 확립과 교직 전문성 자질 향상에 튼튼한 바탕이 되는 즐겁고 보람 있는 알찬 교육실습이 되기를 기원하여 본다.

- "김진웅 칼럼" 〈충청일보〉, 2011년 4월 22일

도서
바자회

　여름 방학식을 며칠 앞두고 지난 7월 14일부터 16일까지 3일간 도서 바자회를 개최하였다. 우리 학교 특별실에 마련하였는데, 학부모회 임원들이 바쁜 중에도 귀한 시간을 내어 개최한 뜻 깊은 행사였다. 흔히 '바자회'라는 말을 많이 쓰지만 의미를 잘 모를 수도 있다. 사전적 의미로는 '공공 또는 사회사업의 자금을 모으기 위하여 벌이는 시장'이다. 따라서 '자선장' '자선 장터' '자선 특매장' '특매장' 등으로 순화하여 쓰는 것이 좋겠지만, 워낙 널리 쓰이는 말이라서 '바자회[bazar會]'라는 제목으로 써 본다.

　가정 통신문으로 보낸 독서의 중요성 및 도서 장터를 열게 된 취지를 간략하게 발췌하여 소개해 본다.

「창조력, 집중력, 논리력 등을 키워 주는 독서는 곧 우리 어린이들의 미래입니다. 여름 방학을 이용해 우리 어린이들이 인성 및 창의성 교육을 위한 좋은 책 읽기를 생활화할 수 있도록 경덕 학부모회에서는 권장 도서 및 우량도서를 손쉽게 구입할 수 있는 기회를 제공하여 지속적으로 독서하는 분위기를 조성하고자 아래와 같이 도서 바자회(20%할인)를 열기로 하였습니다. 본 행사에서 얻어진 수익금은 우리 학교 어린이를 위하여 쓰이게 됩니다. 이번 바자회가 교육적으로 좋은 성과를 거둘 수 있도록 학부모님과 학생들의 많은 성원과 협조를 부탁드립니다.」

해마다 열리는 행사지만 금년의 도서 장터는 무척 성대하였고, 10여 명의 임원은 며칠씩 학교에서 근무를 하였다. 여러 가지로 매우 바쁘겠지만 어린이들을 위하고. 건전한 독서 분위기 조성을 위하여 수고를 많이 하신 분들께 지면으로나마 거듭 감사를 드린다.

쉬는 시간, 점심시간 등을 이용하여 유치원부터 전교생이 도서 장터에 가서 직접 둘러보고 필요한 책이 있으면 부모님과 상의하여 구입하도록 했다. 물론 학교 도서관에도 많은 장서가 있지만, 내 책은 더욱 소중하게 생각하여 애착심을 가지고 몰입하여 읽을 수 있을 것이다.

교직원들도 틈틈이 찾아가서 도와드리고 몇 권씩 구입하는 미덕을 보여 주었다. 필자도 책 몇 권을 골라 사고, 당시 수고하시는 분들이 자녀에게도 선물하고 싶다고 해서 추가 구매했다. 간단한 메모와 함께. 모든 분들에게 못 드려서 좀 미안했지만……. 전에 읽은 죠지 싱의 〈변화의 힘〉 구절이 생각나서 자기 계발서도 샀다. 모두 독서의 위대한 힘이다.

"변화하려고 하지 않는 자, 그는 죽은 자이다. / 성공하려고 하지 않는 자, 그도 죽은 자이다."

적극적인 사고와 행동으로 '의욕을 갖고 변화하라.'는 교훈을 주는 책이다.

이번 도서 바자회에서 산 자기 계발서도 이 책 못지않게 일상생활과 교직 생활에 많은 수양이 되고, 교훈이 될 것이다. 특히 21세기는 자기 계발의 시대이고, 무엇보다도 시대에 맞춰서 스스로 변화하지 않으면 안 된다. 변화를 꿈꾸면서도 관습과 타성에 젖기 쉬운데, 이런 책은 자신을 일깨우는 기상나팔이 될 것이라는 예감이 든다.

우선 나부터, 교직원과 학부모부터 사랑하는 학생들에게 모범을 보여야 한다. 부모는 TV만 보면서 자녀들에게 공부하라고 한다면 그 효과는 자명할 것이다. 이번의 도서 장터를 계기로 좋은 책을 많이 읽는 분위기를 조성하여 춘치자명(春雉自鳴)하듯 스스로 독서하게 되고, 나아가 독서를 많이 하는 가정과 사회가 되기를 기원하여 본다.

-"김진웅 칼럼" 〈충청일보〉, 2011년 7월 29일

청주
성안길에서

　며칠 전 저녁, 성안길에 갈 기회가 있었다. 아직도 성안길을 본 정통이라고 말하는 사람을 보면 안타깝다. 좀 늦은 시각인데도 무척 북적거리는 인파(人波)에 자연스럽게 휩싸였다. 조금 가다 보니 바닥이 덮개로 덮여 있었고, 건축 자재들과 임시 창고 때문에 통행이 불편하였다. 알고 보니 '살고 싶은 도시 만들기' 사업 중 하나로 하는 바닥 교체 공사와 각종 신축 공사라고 한다. 그런데도 행인들은 주말이라서 그런지 조금도 찌푸리지 않고 즐거워 보였다. 주로 젊은이들이 많아서 싱그러운 젊음과 활기가 넘쳐 부럽기도 하고, 그들 덕분에 필자도 10년은 더 젊어진 느낌이었다.

　청주에서 제일 번화하다는 성안길이다. 얼마 전까지도 일제 강점기 때 붙여진 '본정(本町)' '본정통'이라고 불리다가 '성안길'이라 하고, 오정목(五丁目)을 '방아다리'로 고쳐, 정답고 친밀한 우리말로 바꾼 것 등은 늦었지만 참으로 다행스러운 일이다. 청주시청의 업적인지, 어느 분의 주장인지는 잘 모르지만……. 아직 음식점 등의 상호 등에 남아 있는 일제 잔재를 근절하고 우리 이름으로 속히 고쳐야 하겠다.

지금은 사라졌지만 이곳에는 약 천 년 전에 축조되어 일제 강점기 때까지, 청주읍성(邑城)이 위용을 자랑하였다고 한다. 올해는 청주읍성이 일제에 의해 파괴된 지 꼭 100년이 되는 해이고, 자랑스러운 문화유산을 되살리기 위해 발굴 조사와 원형 복원 사업을 한다니 반가운 일이다. 성안길은 말 그대로 성(城) 안에 있는 거리이니 읍성과 밀접한 관계가 있다.

공사를 하느라 시민들이 때 이른 무더운 날씨에 무척 불편해 보였다. 특히 상점이나 사무실을 통행하느라 널빤지로 간이 다리를 놓고 다니는 것도 보았다. 혹시 손님이 줄지나 않을까? 장사가 덜 되지는 않을까? 우려도 되지만 영향이 없기 바란다. "모든 것이 마음먹기에 달려 있다."는 말처럼 상점도 행인도 모두 지금 당장은 불편하지만 공사가 끝났을 때의 모습과 발전상을 생생하게 그려보면서, 더욱 번창할 청주의 명물, 전국적인 명성을 기약하며 인내와 긍지를 가지고 의연하게 대처할 수 있는 것은 아닐까!

성안길과 이어지는 육거리종합시장도 청주의 자랑거리 중 하나이다. 성안길이 발전하면 전통 시장도 함께 번창하고, 지역 경제

활성화에도 크게 기여하며 더욱 활기가 넘치게 될 것이다. 그렇지만 점점 늘어나는 대형 마트 때문에 재래시장에 손님이 줄고, 매상 또한 줄어든다니 걱정이다. 언젠가 이기용 충청북도교육감과 도교육청 직원들이 육거리시장에서 장보기를 하는 매스컴 보도를 보고 큰 감명을 받은 적이 있다. 시민 모두 대형 마트보다 인정과 덤과 웃음이 가득한 전통적인 재래시장을 많이 찾는 것도 '살고 싶은 청주 만들기'의 한 방법이지 않을까!

가로수 길이 전국적으로 유명하다는 이야기를 듣고, 청주의 자랑거리에 대하여 알아보았다. 지난 2006년 청주시에서는 시민들의 응모 및 민원인과 홈페이지 설문 조사를 통해 직지, 상당산성, 청주가로수길, 고인쇄박물관, 무심천, 용두사지철당간과 성안길, 우암산, 육거리 시장, 중앙공원, 청주국제공예비엔날레 등 '청주의 자랑 10선'을 선정하여 홍보하고 갖가지 관련 행사를 개최하고 있다.

이와 같이 성안길은 용두사지철당간, 육거리시장 등과 더불어 청주의 자랑 중 하나이다. 문의면에 있는 청남대나 〈제빵왕 김탁구〉의 촬영지로 유명한 수동 수암골처럼 자랑할 수 있는 명소로 더욱 홍보하여 활성화되도록 시민 전체의 긍지와 노력이 있어야 하겠다.

– "충청시론" 〈충청일보〉, 2011년 6월 24일

아프리카
이야기

　지난주 토요일, 곽한수 사진작가의 개인전인 '아프리카 이야기'가 열리는 청주예술의전당 대전시실을 다녀왔다. 월드비전과 CF 스튜디오 주최이고, 청주교육지원청 등에서 후원하는 뜻깊은 전시회였다. 아프리카 동북부에 있는 나라 에티오피아(Ethiopia) 사람들의 모습이 곽 작가의 정성과 사랑으로 담긴 약 300점의 사진이 전시되어 있었다. 에티오피아는 우리나라가 6·25 전쟁 당시 북한 공산군의 침략을 받아 풍전등화의 상황에 처했을 때, 아프리카에서 유일하게 전투병을 파병하여 목숨을 바쳐 우리를 도와준 고마운 나라이다. 하지만 오늘날엔 불행하게도 세계 최빈국 중의 하나로 굶주림에 허덕이고 있는 나라이다.

지난해에도 동양일보와 월드비전에서 주최한 '사랑의 점심 나누기'에 본교에서도 정성을 모아 동참하였지만, 이처럼 에티오피아가 참혹한 수준인지는 필자 자신도 미처 몰랐다. 그 나라의 자연경관도 많이 촬영했지만, 사람에 초점을 맞추었다는 주인공 곽한수 작가의 설명을 직접 듣고 더욱 다정다감함을 느낄 수 있었다. 지난해 에티오피아 구석구석을 다니며 찍은 10만여 점 가운데 선보인 300여 점인데 월드비전 초대 작가가 전시를 여는 것도, 아프리카 사진전이 열리는 것도 우리 지방에서는 처음이라고 한다.

　곽 작가는 동양일보와 월드비전이 '사랑의 점심 나누기' 행사를 통해 충북도민의 성금으로 마련한 에티오피아 '쉬로메다 직업기술학교' 신축 기공식에 참여하고, 봉사 활동을 하며 아프리카의 모습을 사진에 담아온 것이다. 사진들은 직접 아프리카에 온 듯한 느낌이 들 정도로 몰입할 수 있었다. 비록 가난하지만 행복한 미소를 머금고 친절하게 대하는 에티오피아 사람들의 소박함과 사진기 앞에 우르르 모여드는 아이들의 천진난만함에 기뻤고, 뼈와 가죽만 앙상하게 남은 모습 등 그들의 참혹한 모습에 가슴이 아팠다.

　사진전에는 그 나라의 현실을 소리를 통해 직접 느낄 수 있는 체험관도 마련되어 있었는데, 중·고등학교 학생들이 많이 관람하고 있었다. 봉사 점수도 준다지만, 직접 체험하며 우리가 얼마나 행복하고 여유롭게 살고 있나 깨닫는 소중한 기회가 될 것이다.

문득 우리 초등학생들에게도 이 사진전을 보여 주고 싶다. 요즘 같은 세상에 굶주림에 지쳐 눈뜨기조차 힘겨운 아이의 지친 모습, 학교에 다니기는커녕 복수가 가득 찬 배로 먼 곳에서 물을 길어 오는 모습, 먹을 것을 달라고 내미는 손, 병에 걸려도 치료도 제대로 못 받고 뼈만 앙상한 몸……. 이런 모습은 우리 학생들에게 반찬 투정을 하고, 공부하기 싫어하고, 스스로 행동하지 못하는 등 좋지 못한 태도를 고칠 수 있는 체험이 될 것이다.

　우리나라도 삼사십 년 전만 하여도 이러한 빈곤에서 온갖 역경과 싸워야 했으며, 오늘날 이만큼 잘살게 된 것은 저절로 된 것이 아니라 어른들의 피나는 고생 덕분이라는 것을 알고 감사하는 태도를 길러야 할 것이다. 나아가 부모님과 선생님을 비롯한 많은 분의 은혜와 나라의 소중함을 깨달았으면 한다.

　이 감동적인 '아프리카 이야기' 전시를 보고, 필자도 큰돈은 아니지만 정성도 함께 담아 모금함에 넣었다. 많은 사람들이 에티오피아나 도움이 필요한 사람들에게 사랑을 주고, 고통을 분담하고, 성원하는 소중한 계기가 되었으면 하는 바람이다.

– 김진웅 칼럼, 〈충청일보〉, 2011년 4월 8일

가을 산

　토요일이지만 근무를 하는 날이다. 그래도 나름대로 푸근한 토요일 오후이다. 다른 날은 퇴근할 때부터 컴컴한데 오늘은 해가 중천에 있으니 마음이 넉넉하다. 엊저녁에 읽던 책을 펼치고 몇 장 읽자니 언제 그려 놓았는지 가을 산 삽화가 아른거린다. 은행잎 책갈피가 가을 산에 가자고 유혹한다. 봄 처녀처럼 마음이 설레어 단풍이 손짓하는 우암산으로 향하니 은행잎이 노란 나비 떼가 되어 동행하여 주어 발걸음이 한결 가벼웠다.

　산기슭 오솔길에 들어서니 산기슭의 억새가 하얀 꽃이 되어 한들한들 춤추며 반겨 주고, 가랑잎들이 산새들처럼 포르르- 포르르- 머리 위로 고추잠자리처럼 날아다닌다. 간밤에 내린 가을비로 서둘러 내려왔는지 성미 급한 낙엽은 어느새 폭신한 양탄자를 길마다 산마다 골고루 발그스름하게 깔아 놓았다. 대자연의 위대한 힘이 아니고는 꿈도 꾸기 어려운 아름다운 한 폭의 수채화이다. 여름내 내린 폭우와 사람들의 발길에 패여 앙상하게 드러낸 뿌리가 안타까워서 덮어 주는지 눈보라 치는 삭풍에 조금이라도 따뜻하게 해주려고 포근한 엄마 품처럼 감싸 주고 있다. 또 한 해 두 해 지나면 온몸을 바쳐 거름까지 되어 초목들이 자랄 수 있게 하는 낙엽 또한 위대하다. 마치 제 몸을 녹여 어둠을 밝혀 주는 촛불같이 숭고하고, 엄숙한 낙엽이라는 것도 알게 한 가을 산이다.

오솔길마다 바스락거리는 가랑잎들은 도토리와 열매들을 숨겨두었다가 다람쥐 등의 겨울 양식이 되게 하는데 금년에는 도토리도 무척 귀하다고 한다. 산짐승들이 춥고, 긴 겨울을 어떻게 이길까 걱정도 된다. 또한, 도심까지 내려와 사람들을 공격하기도 하는 멧돼지가 올 겨울에는 더 극성을 부리지나 않을까 우려된다. 몇 십 년 전만 해도 땔나무가 모자라 가랑잎과 솔잎들까지 긁어서 땔감으로 썼던 때를 생각하면 옛날이야기만 같고, 안타깝기도 하다. 지금은 간벌한 나무들까지 여기저기서 그냥 썩어 가고 있는 것을 생각하면 격세지감마저 든다.

어느덧 나목(裸木)이 되어 가는 가을 산을 보니 우리네 인생도 나무와 많이도 닮았다. 봄, 여름, 가을, 겨울……. 계절이 바뀌듯

쉼 없이 변주(變奏)되는 우리의 삶들이 있다. 때로는 다람쥐 쳇바퀴 도는 듯한 생활이지만, 어느 책에서 보니 20살까지는 봄, 40살까지는 여름, 60살까지는 가을, 그 후는 겨울이라는 인생 사계(四季)가 있다고 한다. 그렇다면 나는 어느 계절인가 대입하여 보면 시간의 소중함을 거듭 느끼고 인생무상(人生無常)이란 상념에 잠기기도 한다. 마음에 수많은 집을 짓고, 방을 다 채우기도 전에 허물고, 때로는 모래 위에 화려한 성을 쌓고 자아도취감에 빠지기도 하지나 않았는지? 크고 작은 세상사에 일희일비하지 않고 초지일관으로 중심을 단단히 잡아 소걸음처럼 우직하게 걸어 나가야 하는데…….

우리 학생들도 가을철과 다가오는 학년 말을 맞아 더욱 창의성과 인성을 기르며, 아르키메데스가 목욕탕에서 물이 넘치는 것을 보고 "유레카(eureka)! 유레카!"를 외친 것처럼 앎의 기쁨과 감격을 많이 체험하고 더욱 일취월장하기를 바란다.

가을엔 수확의 기쁨처럼 푸근하고 넉넉해지고, 아름다운 단풍이 산하를 수놓듯 우리 인생 또한 열심히 농사지었다면 많든 적든 거둬들인 곳간의 양식에 만족할 줄도 알아야 하고, 겨울엔 마음을 비울 줄도 알고, 여름의 푸르렀던 신록과 가을의 아름답던 단풍을 내려놓고 앙상한 가지로 서있는 저 나무들처럼 욕심을 줄이고 초연하게 살아가라고 가을 산이 속삭여 주고 있었다.

– "김진웅 칼럼" 〈충청일보〉, 2011년 11월 18일

충북지방
경찰청장의 편지

얼마 전 충북지방경찰청장님이 보낸 한 통의 편지를 받았다. 편지 봉투였지만 흔히 보아 왔던 업무 차원의 공문인 줄 알았는데 개봉하여 보고 훈훈한 청장님의 학생 사랑과 교육애를 느낄 수 있었다.

"존경하는 교장 선생님! 안녕하십니까? 붉게 물들어 가는 단풍과 청명한 푸른 하늘이 어느덧 완연한 가을로 접어들었음을 느끼게 합니다. – 중략 –

기본이 바로 선 학생, 바른 품성을 가진 학생을 지도하기 위해 늘 고민하고 노력하시는 선생님들의 모습을 볼 때마다 저도 자식을 가진 한 명의 부모로서 존경의 마음을 금할 수 없으며, 미래의 주역인 학생들을 보면……."

이 서한을 읽으며 한 편의 좋은 수필을 읽는 듯했고, 연찬회 때 우리 교육감님의 인사 말씀을 듣는 듯 다정다감하고 살가운 감동을 받았다.

충북 경찰의 수장으로 치안을 책임지고 있는 청장님으로서 불철주야 매우 분주한데도 이처럼 학교 현장을 염려하고, 사랑스러운 미래의 주역인 학생들의 안전을 걱정하고 사랑하여 주시는 김용판 청장님께 진한 감동과 함께 경의를 표한다. 편지글처럼 웃고 재잘거리는 모습, 땀 흘려 운동하는 모습, 열심히 공부하는 학생들의 모습을 보고 있으면 일상의 피로가 가시고 싱그러운 에너지를 얻는 듯하다. 이렇게 천진난만하고 무한한 잠재 능력을 가진 미래의 주역인 학생들이 안전하고 즐거운 환경에서 씩씩하고, 바르고, 슬기롭게 자라나도록 하는 것이 어른들과 사회의 책임이다. 시설 개선과 단속은 경찰의 힘으로 할 수 있으나, 교육은 경찰의 노력만으로는 어렵다고 하신다. 물론 교육은 학교의 몫이지만 가정과 사회와 어른들 모두의 관심과 사랑이 필요하다.

서신에서 올해 보행자 관련 사고는 9.4%에 불과하지만, 보행 중 사망자는 전체 교통사고 사망자의 32%나 차지하고 있다니, 길을 걸을 때 얼마나 위험한가를 모두 새롭게 인식해야 한다. 가급적 횡단보도를 이용해야 하고, 야간 보행 시 식별이 용이하도록 밝은 옷을 입는 것 등은 누구나 알고 있지만 잘 지키지 못하는 것 같다.

경찰에서 학교 주변에 대한 안전한 교통 환경 조성과 등·하굣길 교통안전에 노력한다는 말씀에 깊이 감사드린다. 그렇게 하자면 학교 주변의 주·정차 단속부터 철저하게 해야 한다. 무질서하게 불법으로 세워 둔 차 사이로 곡예를 하듯 어린 학생들이 다니는 실정이지 않는가! 또한, 주민들이 학교 내에 주차를 하는 경우가 많은데, 그것은 너무 위험하니 학교 내 주차 금지를 간절하게 호소한다. 학생들의 교육 활동 중에, 등·하교 시 차들이 다니는 것을 볼 때마다 아찔하기 짝이 없다. 주민들의 주차난을 모르는 것은 아니지만, 행사 등 부득이할 때 외에는 어린 학생들 보호를 위하여 외부 차량 통행은 자제하여 주셨으면 한다. 운동장에서 운동, 산보 등을 할 때도 차 없이 도보로 출입하길 간절히 바라고 있다. 경찰청장님의 편지처럼 사랑스러운 우리 어린이들이 사고의 위험에서 벗어나 미래의 주역으로 안전한 환경에서 건강하고 슬기롭게 자라나도록 모두의 관심과 사랑과 실천이 절실한 때이다.

마침 지난 21일은 제65주년 경찰의 날이었다. 거듭 축하드리며, 치안 복지 구현을 통한 주민이 안전하고 행복한 충청북도를 만드는 데 최선을 다하며, 학교와 학생들을 걱정하고 사랑하여 주시는 청장님과 경찰관들께 감사드린다.

— "김진웅 칼럼" 〈충청일보〉, 2010년 10월 27일

명암
저수지

　얼마 전까지도 명암저수지 부근을 걸을 때면 성안길같이 사람들이 붐비기도 하였는데, 어느새 두툼한 방한복에 털모자까지 쓰고 띄엄띄엄 걷고 있다. 군데군데 설치된 운동 기구를 차지하려면 한참씩 기다려야 했는데 추워진 날씨에 손님(?)이 부쩍 줄어들어 오늘 저녁에 보니 기구들이 사람들을 기다리고 있었다. 푸름을 자랑하던 나무도 거의 나목(裸木)이 되었고, 가을까지 시민들이 타고 유람하던 오리배는 줄을 지어 밧줄에 묶여 겨울잠을 자고 있고, 바람이 불 때마다 출렁이던 가장자리의 기세등등하던 억새숲도 된서리에 패잔병처럼 노랗게 마르고 말았다. 오로지 금가루를 뿌려 놓은 듯 번쩍이는 물 위에 밤잠도 잊고 노니는 오리들과 이따금 귀공자의 모습을 선뵈는 몇 마리 자라의 세상인 것 같다.

명암방죽은 약 90년 전에 농경지에 물을 공급하기 위하여 만들었다고 하는데, 지금은 시민들의 유원지로 큰 역할을 하고 있으니 격세지감이다.

'명암저수지' 하면 빼놓을 수 없는 것이 명암타워일 것이다. 높이 75미터의 건물을 아파트나 다른 건물처럼 건축하지 않고 특이한 모양이 궁금하였다. 어떻게 보면 쓸모가 적다고 생각했는데 의미가 깊다는 것을 뒤늦게 알았다. 청주시를 상징하는 교육, 문화, 예술의 도시임을 강조하기 위해 삼각 꼭짓점으로 하고, 전국으로 세계로 우주로 향하려는 수직 방향성을 상징하는 미래 지향적인 형태이며, 거울같이 맑은 물에 비취도록 하였다. 무심코 지나칠 건축물에도 이런 깊은 의미가 담겨 있다니 주위의 사물에 좀 더 사랑과 관심을 가져야 하겠다는 생각이 들었다.

예전에는 명암약수터로 소풍을 가곤 했다. 입장료를 내고 물을 받아 마시는 사람들이 줄을 지어 있던 모습이 눈에 선하다. 이 약수로 밥을 지으면 시퍼런 밥이 될 정도로 철분이 많았다. 지금은 폐쇄되어 약수 없는 약수터가 되었지만……. 그 대신 명암저수지와 더불어 위쪽으로 국립 청주박물관과 우암어린이회관 그리고 청주동물원 등이 시민들의 사랑을 듬뿍 받고 있다.

저수지가의 옛길을 확장한 도로 옆으로 자전거 길과 산책로가 잘 닦여져 있다. 이곳을 올 때마다 반겨 주는, 수십 년 전부터 서 있는 느티나무와 은행나무는 우리를 놀라게 한다.

'길이 확장되어도 그대로 서 있을 줄 어떻게 알았을까? 공사를 할 때 옮겨 심어야 했다면 가지가 잘리고 호된 홍역을 치렀을 텐데……'

느티나무는 아래쪽부터 열두 가지가 가지런히 붙어 있어 마치 일 년을 연상하게 하고, 볼수록 후덕하고 잘생긴 나무다. 위쪽의 은행나무도 여름에는 신록을, 가을에는 주렁주렁 은행을 자랑하더니 요즘은 붙어 있는 잎사귀가 손꼽힐 정도로 아낌없이 내려주고 있다. 언젠가 누가 은행을 턴다고 해서 끔찍한 은행 강도 이야기인 줄 알았던 에피소드도 있었다.

안방처럼 아늑하고 깔끔한 명암저수지 화장실을 보니 중국 만주 지방에 갔을 때 생각이 났다. 조선족 소학교를 방문하니 아직도 60년대 무렵의 옛날 화장실이라서 너무 놀랐고, 백두산 가는 도로를 몇 시간씩 달리다가 쉬고 싶어도 휴게소나 화장실 하나 제대로 없는 것에 비하면 우리는 무척 잘사는 나라이고, 우리 학생들과 시민들은 참으로 행복하다는 생각마저 들었다.

사람도 자연의 일부이고, 서 있는 곳과 존재하는 이유가 중요하고, 우리 대한민국과 청주의 발전상을 일깨워 주는 곳. 건강과 낭만을 지켜 주는 곳. 그곳이 바로 명암저수지이며 아름답고 정겨운 주위 환경을 자랑하고 있다.

– "김진웅 칼럼"〈충청일보〉, 2010년 12월 15일

한 학기를
마무리하며

사랑하는 학생 여러분!

새 학년이 시작된 때가 엊그제 같은데 벌써 한 학기를 마무리하며, 즐거운 여름 방학이 되었습니다.

이 기회에 지금까지 생활을 되돌아보면서 그동안 계획한 일을 얼마나 성실하게 실천하였고, 교과 학습, 생활면 등에 스스로 최선을 다하였나 생각해 보았으면 합니다.

내일의 주인공인 학생 여러분!

여러분은 이 세상 무엇보다도 소중한 사람이며, 창의력과 바른 품성을 기르며, 부모님과 선생님들의 사랑과 은덕을 입으며 늠름하게 성장하고 있는 고장과 우리나라의 미래를 이끌어 갈 주인공입니다. 오늘도 여러분은 항상 가슴속에 큰 꿈을 간직하고 그 꿈을 이루었을 때를 생생하게 그려보며 꾸준히 힘을 기르는 데 최선을 다하고 있겠지요. 튼튼한 몸으로 바르고 성실한 여러분에게 박수를 보내며 앞으로 더 잘하자는 뜻에서 몇 가지 당부합니다.

첫째, 건강하고 안전한 생활을 합시다. 가장 소중한 것은 내 몸이며 건강입니다. 건전한 생활 속에 꾸준히 운동하며 건강 생활을 합시다. 특히 성범죄 등 각종 위험이 도사리고 있는 오늘날의 현주소가 너무 부끄럽고 안타깝습니다. 아무리 사소한 사고라도 일단 일어나면 많은 고통과 희생이 따를 수 있으니 미리 예방 차원에서 조심하고 대비하여야 하겠지요. 될 수 있으면 밤길 다니지 않기, 혼자 다니지 않기, 수상한 사람 조심하기 등 스스로 슬기롭게 안전한 생활을 하여야 합니다. 또한, 몸 건강 못지않게 마음 건강도 소중하겠지요. 걱정거리가 있을 때 혼자 고민하지 말고 선생님, 부모님, 관련 기관과 진솔하게 상담합시다.

둘째, 좋은 책을 많이 읽읍시다. 책 속에 길이 있습니다. 우리가 경험해 보지 못한 세상을 알 수 있으며 훌륭한 분들의 지혜나 교훈을 배울 수 있습니다. 또 올바른 교양과 인격을 갖출 수 있으며 책을 통해 길러진 지혜는 삶의 이정표가 되고, 밑거름이 될 것입니다.

셋째, 큰 꿈을 갖고 실력과 특기를 기릅시다. 여러분은 여러 부문에서 유명한 사람들을 많이 알고 있겠지요. 그 사람들은 어렸을 때부터 피나는 노력을 하여 우리나라를 빛내고 자기 이름을 떨치고 있습니다. 얼마 전 태극 전사들이 남아공 월드컵에서 원정 사상 처음으로 16강에 진출한 것 또한 큰 꿈을 갖고 피나는 노력을 한 결과입니다. 축구, 수영, 스케이트 등 꼭 체육만을 잘해야 되는 것은 아니겠지요. 여러분의 큰 꿈을 갖고 스스로 소질과 특기를 꾸준히 키우며 열심히 힘(실력)을 기르고 최선을 다하여야 하겠습니다.

넷째, 더불어 살아가는 기본이 바로 선 학생이 됩시다. 공부 잘하는 것, 특기를 기르는 일 못지않게 중요한 것이 올바른 마음가짐으로 예절, 질서, 친절, 절제, 청결을 생활화하는 기본이 바로 선 태도입니다. 열심히 공부하면서 체험 학습과 봉사 활동 등을 통하여 생활 속에서 바른 품성을 기르고, 생활화에 힘써야 하겠습니다.

한 학기를 알차게 마무리하며 즐거운 여름 방학을 맞이하는 이 기회에 지난날을 반성하고 앞으로의 계획을 잘 세워, 이번 여름 방학과 2학기부터는 더욱 건강하고 보람 있고 안전한 생활을 하며 푸른 꿈을 키우는 기본이 바로 선 사람이 되어 인생을 야심차고 멋지게 설계하고, 행복한 삶을 누리기를 바랍니다. 여러분의 삶과 장래는 어느 누구도 책임질 수 없고, 대신할 수 없지 않습니까!

– "김진웅 칼럼" 〈충청일보〉, 2010년 7월 21일

반가운
장마

"가뭄 끝에 단비"라는 말이 실감 난다. 금년의 극심한 가뭄을 두고 연세가 여든이 넘으신 노인이 "평생 처음이구먼."이라고 하시는 말씀도 들었고, 언론에서는 '104년 만의 가뭄'이라는 표현까지 하였다. 논과 밭은 마르다 못해 갈라지고, 작은 저수지는 바닥을 드러낼 정도이니 농민들은 말할 것도 없이 온 국민의 걱정도 이만저만이 아니었다. 그래도 장마가 6월말 무렵 북상한다는 일기예보를 믿어 보며 다소나마 위안을 삼고 하루속히 장마가 오기를 간절하게 기다려 왔다.

드디어 장마 전선이 북상하며 지난 6월 29일 밤부터 우리 고장에도 부슬부슬 내리던 비가 들입다 삽시간에 소나기로 바뀔 때, 거리에는 기다리던 반가운 비를 맞고 다니는 사람도 있고 환호성도 들렸다. 말로 표현하지 못하는 기쁨을 만끽하고 있었고, 비 내리는 풍경과 사람들이 더 이상 아름답고 행복할 수 없었다.

이튿날 아침에는 제법 거방진 비가 내렸다. 반가운 마음에 마당에 나가 보았다. 마치 기다리고 기다리던 손님을 마중 나가는 벅찬 심정이다. 수돗물을 아끼느라 조금씩 줄 때 감질내며 아우성치고, 금세 시들어 지친 꽃들과 몇 포기 심은 고추, 상추들이 온몸으로 비를 맞으며 환호하고 있다. 이러한 심각한 가뭄 끝에 천금 같은 생명수가 내리니 농민들의 기쁨은 얼마나 클까!

싱그러운 넓은 초록 잎 위로 빨간 꽃을 마음껏 뽐낼 칸나도, 담장 너머로 내다볼 정도로 키가 컸을 해바라기도 바닥을 맴돌고 있는 것을 보니, 동식물이나 사람이나 환경이 얼마나 중요한가를 깨닫게 한다. 서울의 탈북(脫北) 청소년 대안 학교에 입학한 17세인 어느 남학생에 관한 신문 기사를 읽은 생각이 난다. 그 학생의 입학 당시의 키가 우리 초등학교 4학년 남자 평균 키(138㎝)에도 못 미치는 137㎝였다니!

여기저기에서 안타까운 소식이 많이 들렸다. 밭작물들도 물 부족으로 재배가 힘들어 타들어 갈 정도이고, 하지가 넘었는데 아직 모내기를 못한 곳도 있고, 모내기는 겨우 했어도 갈라지는 논바닥을 차마 볼 수 없어 소방차로 물을 뿌리고, 지하수를 뿜어 올리려고 땅을 파도 지하수도 잘 나오지 않고, 밭에 어렵게 심은 고구마 모종 등도 말라 죽고……

가뭄 속에서 담장 위로 힘겹게 뻗어 가던 호박순이 땡볕에 삶아지는 믿기 어려운 모습도 보았고, 시장의 채소가 귀하고, 농산물 값도 덩달아 오르고 있다고 한다. 혹심한 가뭄이 아니더라도 요즘 경제 사정이 좋지 않아 많은 걱정과 힘겨운 생활을 하고 있는데. 옛날처럼 기우제라도 지내고 싶은 절실한 심정이다.

문득 어렸을 때의 농촌 모습도 생각난다. 천수답도 많고, 수리 시설도 열악할 때라서 가뭄이 오면 더욱 사투를 벌였을 것이다. 드물게는 지하수를 파서 양수기로 끌어올려 물을 대는 사람도 있었지만, 대부분은 밤새워 방죽에서 감질나게 내려오는 물을 서로 내 논에 대느라 다투기가 일쑤였다. 심할 때는 아귀다툼의 상황이 벌어지기도 했다. 아전인수(我田引水)라는 말도 그런 상황에서 나온 말일 것이다. 그나마 작은 방죽이라도 있어 다행이었지만, 가뭄이 심할 때면 방죽 바닥을 드러내곤 하였다. 그럴 때면 미꾸라지와 붕어를 잡는다고 좋아하던 아이들을 보고 어른들은 얼마나 한심하게 생각하였을까 이제야 헤아려 본다.

지역에 따라 식수난까지 겪고 있다니 안타깝기 그지없지만, 그래도 산림녹화와 4대강 살리기 덕분에 이번 가뭄과 장마 피해를 많이 줄이는 효과를 본다고 한다. 이는 녹색 성장의 기반이 되고, 거기에다 자전거 길이 방방곡곡으로 이어져 국민 건강 증진에도 이바지하고 있다니 언제 무심천변 자전거 길이라도 달려 보아야 하겠다.

주말 오후이지만 야외에 나가지 못해도 산야를 촉촉하게 적셔 주는 모습을 그리며 생각에 잠겨 본다. 그동안 밀쳐놓았던 책을 읽고 있을 때, 창밖에 주룩주룩 내리는 빗소리가 무척 반갑고 듣기 좋다. 비가 자주 올 때 누가 이처럼 장마를 기다렸단 말인가! 당장 지난해에도 많은 인명과 재산 피해를 주었던 원망스런 장마였다. 천둥, 번개와 돌풍 예보도 있지만, 아직은 장마 피해 없이 오랜 목마름을 해갈하여 주며 점잖고 거방지게 내리는 장맛비가 더욱 고맙다. 오늘 내리는 천금 같은 비처럼 사회와 국가에 이바지하며 모두가 반겨 주는 꼭 필요한 사람이 되고 싶은 것은 우리의 바람일 것이다.

서울, 경기 지방 등에는 흡족한 비가 내려 해갈이 되었다고 하는데 우리 지방에는 장맛비라는데도 해갈에는 미치지 못했다. 그 후 7호 태풍 카눈(KHANUN)이 몰고 온 비가 충분하게 내려 주었고, 특히 이번 태풍도 올 장마처럼 비교적 큰 피해가 없이 충분한 비를 내려 준 반가운 태풍이어서 천만다행이었다.

우주관광까지 꿈꿀 정도로 고도로 발달한 과학 기술이지만, 대자연의 위대한 힘 앞에서 인간의 존재는 미약하기만 하다. 그래도 서로 잘났다고 큰소리치며 아옹다옹하고 있다. 국민 민생을 비롯한 산적한 일들은 안중에도 없고, 정당끼리 아전인수 하느라 국회 개원도 뒤늦게 하고…….

개인적으로도 어떤 사람을 만나면 대개는 반갑고 기쁘지만, 아직도 수양이 부족한 탓인지 어떤 사람은 마주치면 반갑지 않고 안

만나느니만 못할 때도 있는 것이 솔직한 심정이다. 다른 사람이 나를 이렇게 생각할 수도 있겠다는 생각을 하니 자신의 언행에 더욱 신중해야 하겠다는 성찰(省察)을 하게 되고 자기 연찬에 더욱 힘써야 한다는 것도 깨닫게 된다. 앞으로 모든 사람들이 이번 반가운 장맛비처럼 가뭄 끝에 단비 같은 사람이 되면 얼마나 좋을까! 서로 불신하고, 경계하고, 힐난하는 악연에서 과감하게 벗어나 서로 믿고, 반겨 주고, 칭찬해 주며 따뜻한 가슴으로 부둥켜안아 주는 좋은 인연으로 심신이 건강한 사회, 행복한 복지 국가를 만들어야 한다고 장맛비와 태풍이 무언의 심오한 교훈을 주었다.

-뒷목출판사, 〈충북수필 - 28집, 59~62쪽〉, 2012년

가슴 따뜻한
이야기들

'사랑합니다!', '반갑습니다!', '고맙습니다!'라는 슬로건을 통한
'행복한 인사 나누기' 운동을 학교와 학생들부터 실천하며 확산
하고 있다.
모쪼록 '가슴 따뜻한 이야기들'이 온 누리에 가득 꽃피우길 기원
한다.
모든 일을 할 때 누가 시켜서 마지못해 하는 것이 아니라 '내가
좋아서, 그 일을 즐기며' 할 때 보람도 있고, 능률도 오르고, 발
전도 가져올 수 있지 않을까!

가슴 따뜻한
이야기들

며칠 전 신문을 보고 충격을 받았다. 우리나라 청소년이 경쟁 위주의 입시 교육 영향 때문에 '남과 더불어 사는 능력'이 세계 최하위 수준이라고 한다. 한국청소년정책연구원은 36개국 중학교 2학년에 해당하는 청소년의 사회적 상호 작용 역량 지표를 계산한 결과 우리는 1점 만점에 0.31점으로 35위에 그쳤다는 것이다. 우리 청소년들은 지필시험 성격이 강한 영역만 점수가 높고, 대내외 활동 부문의 결과는 극히 저조하게 나왔다고 한다. 이렇듯 더불어 살아가는 품성이 절실한 때에 가슴 따뜻한 미담들이 있어 가뭄 끝에 단비 같다.

한 비구니 스님이 오랫동안 속세로 출타했다가 땅거미가 내릴 무렵 사찰로 돌아오니, 법당 근처에 포대기에 싸인 것이 있어 살펴보았는데 갓 태어난 젖먹이 아기라서 화들짝 놀랐다. 인적이 드문 외진 사찰에서 갓난아이가 얼마나 오래 겨울 추위에 떨었는지 오들오들 떨고 있어 스님은 마음이 급해졌다. 동이 트자마자 아이를 안고 병원으로 달려가 치료는 받았지만 출생 신고가 안 된 아이여서 건강 보험이 적용되지 않았다. 부처님만 봉양하며 살아온 스님에게 치료비는 적잖은 부담이었을 것이다.

절에서 그것도 비구니 신분으로 아이를 키우는 건 쉬운 일이 아니다. 스님은 부처님이 준 인연(因緣)이라고 알고 아이를 키우기로 했다. 건강 보험 혜택을 받으려고 아들로 출생 신고를 하였는데, 이 친생자(親生子) 때문에 승적(僧籍)을 박탈당할 위기에 처했다. 법정에서는 주지 스님을 후견인으로 지정하고, 아이에게 새로운 성(姓)을 만들어 주며 계속 보살필 수 있게 하였다. 아이는 친부모에게 버림받았지만 스님의 품 안에서 행복하게 자라고 있다니 참으로 가슴 따뜻한 이야기라서 큰 감동을 받았다.

또 미국에 입양된 지 35년 만에 한국 아이를 입양하려고 모국에 돌아왔다는 미스터 서튼이란 분도 가슴을 뭉클하게 한다. 한국 이름은 '단신희'이고, 태어난 지 2년 뒤 3살 터울인 오빠와 함께 미국으로 입양되었다고 한다. 서튼은 가족들 사랑 속에 자랐고, 중학교 때부터 '결혼하면 반드시 내가 태어난 한국의 아이를 입양하겠다.'고 결심하였다니 얼마나 장한 일인가!

35년 만에 시어머니와 함께 와서 입양할 아이를 처음 만나고 기쁨을 감추지 못했다. 아이 이름은 '그라함'이고, 아이가 '안녕'이라고 첫인사하며 함박웃음을 짓던 순간은 앞으로 평생 잊지 못할 큰 기쁨이었다. 아이를 데리고 비행기를 타고 50여 명의 친척들이 환영을 나올 미국으로 갔다니, 이 또한 가슴 벅찬 미담이다.

우리 충청북도교육청에서는 '다양성을 존중하는 행복한 충북교육'을 펼치고 있다. 그리고 특색 사업으로 존경과 사랑이 넘치는 행복한 학교를 열어 가고 있다. 정다운 인사말로 내가 먼저 '인사 잘 하고, 인사 잘 받기' 운동을 전개하고, '사랑합니다!' '반갑습니다!' '고맙습니다!'라는 슬로건을 통한 범도민 '행복한 인사 나누기' 운동을 학교와 학생들부터 실천하며 확산되도록 하고 있다. 바로 '남과 더불어 사는 능력'을 기르고, 조화로운 학력 신장과 함께 진취적인 바른 품성을 함양하고 실천하도록 지도하고 있다.

모쪼록 이러한 운동과 교육이 하루속히 뿌리내려 '가슴 따뜻한 이야기들'이 온 누리에 가득 꽃피우길 기원한다. 머지않아 화창한 봄에 만발할 온갖 꽃처럼.

- "김진웅 칼럼" 〈충청일보〉, 2011년 4월 1일

가슴 벅찬
이야기

　지난주에는 우리 학교에 젊음이 넘쳤다. 청주교육대학교 1학년 교육실습생 44명이 1주일간 둥지를 틀어서였다. 평소에도 웃음꽃이 피고 천진난만한 꿈나무들의 보금자리이지만 교생 선생님들 덕분에 더욱 활기차고 행복한 학교였다. 작년부터 실습을 계속 나왔기에 생소한 것은 아니었는데도 이번은 매우 생동감 있고도 진지한 분위기였다고 교직원들이 이구동성으로 칭찬한다. 대학교에 입학한 지 채 몇 달 되지 않아서인지, 사전 교육을 충실히 받아서인지, 본교에서 지난해 경험을 살려 알차게 운영한 결과인지 개강식부터 분위기가 달랐다. 간혹 결석이나 지각하는 교생도 별로 없었고, 특강 시간에 조는 교생도 찾기 어려웠다. 물론 전의 실습생들도 대체로 성실하게 했지만.

모든 일은 첫 단추부터 잘 꿰어야 한다. 월요일 개강식부터 학교장 환영 인사 때도 진지하였고, 수업 참관 태도나 점심시간에 급식 지도까지 충실하게 하며 맛있게 식사를 하는 모습을 보고 믿음직하게 여겼는데, 교생실습록을 보아도, 단정한 옷차림을 보아도 모범 교생들만 온 것 같다. 만날 때마다 인사도 정겹게 한다. 본교의 '사랑합니다.' 인사가 인상 깊다고 한다. 본교를 스스로 희망해서 온 것은 아니란다. 가까운 학교를 선호하는 경향이 있어 추첨식으로 해서 온 교생들인데도 선발해서 온 것 같은 느낌까지 든다.

짧은 5일이 무척 빠르게 지나갔다. 전국소년체육대회 충북 대표로 나가는 수영 선수(4학년 유제민)의 출발을 보고자 청주예술의전당에 들렀다가 급한 공문만 살펴보고, 실습 폐강식에 참석하였다. 국민의례에 이어 실습 소감 발표 순서였다. 1, 3, 5학년에 배정된 학년 대표 한 사람씩 발표를 했다. 처음에는 보편적이고 평범한 내용이려니 했는데……. 다른 교생 발표 내용도 좋았지만, 특히 1학년 대표 교생 노지혜의 가슴 벅찬 이야기를 발췌하여 소개해 본다.

2011년 5월 23일, 청주 경덕초등학교 1학년에 교육실습생 자격으로 첫발을 내딛었습니다. 기억이 가물가물한 저의 초등학교 1학년 시절을 생각하면서 첫 배정을 받은 1학년 1반 어린이들과의 만남, 무척 환하게 빛나서 어디에 눈을 두어야 할지 몰랐습니다. 첫날 전체적인 설명을 듣고, '일주일 동안 열심히 생활해야지.'

다짐했는데, 벌써 마지막 날이 되었습니다. 정든 첫 아이들에게 끝인사를 하고, 눈물이 나올까봐 뒤돌아보지도 않고 교실 문을 나왔습니다. - 중략 -

담임 시범 수업을 보면서 노련한 수업과 인품을 본받고 싶었고, 이번 1주일은 교육대학교 1학년 학생으로서 최고의 경험이며, 그 아이들은 언젠가 저를 잊겠지만 저는 최고의 경험으로 남을 것입니다. 아직 이별이 무엇인지 잘 모르겠지만, 사랑한다는 말을 곱게 써서 건네준 아이들……. 그 고운 마음 소중히 간직하고, 바른 교사·훌륭한 선생님이 되기 위해 더욱 노력하겠습니다.

경덕초등학교 교장 선생님과 교직원 여러분! 대단히 감사합니다.

발표하다가 몇 번이나 멈추고 손수건을 꺼낸다. 옆에 계시던 담당 선생님이 진정시키며 끝부분은 생략하려 하였지만, 평온을 되찾고 미소를 띠며 마무리할 때 모든 사람들을 감동시켰다.

이어서 학교장 인사 때, 지금처럼 늘 초심을 잃지 않고 연마하여 장차 훌륭한 선생님이 되어 달라는 말과 함께 우리나라 교육의 희망차고 밝은 미래를 보는 듯해서 가슴 벅찼고, 열과 성을 다해 교육실습에 적극 참여한 교생 선생님들을 격려하며 앞으로 더욱 노력하며 발전하자고 당부하였다.

- "김진웅 칼럼" 〈충청일보〉, 2011년 6월 3일

수업
공개의 날

　지난 5월 24일에는 필자가 근무하는 학교에 많은 손님이 오셨다. 연간 교육계획대로 학부모 초청 '수업 공개의 날'이었다. 자녀의 학교생활이 궁금해도 여러 사정으로 방문하기가 쉽지 않았던 부모님도 오시고, 날로 푸르러지는 신록과 탐스럽게 핀 아카시아꽃, 달밤에 핀 박꽃처럼 소박하고 우리 민족의 정서와도 닮은 찔레꽃 향기가 날아들어 꿈나무들은 더욱 신바람이 났다. 어린이들은 부모님 앞에서 바르게 생활하고 열심히 공부하는 모습을 보여 주어 인정받고, 자랑하고 싶고, 칭찬도 받고 싶은 동심(童心)일 것이다.

　일주일 전부터 미리 가정 통신문을 보내 드리고, 학생들도 가정에서 말씀을 드려서인지 예상보다 많은 분들이 찾아 주셨다. 평

일이라서 근무 관계로 불참하는 학부모가 많을 줄 알았는데 500명 가까이 오셨다. 학생 수의 60%가 넘는 분들이 참여한 것으로 볼 때 학교와 자녀에 대한 관심이 무척 높다고 여겨져 더욱 어깨가 무거워진다. 또한, 교육실습생들에게는 담임 수업을 참관하는 기회라서 무척 뜻깊고 효과가 컸다.

될 수 있으면 교사들에게 부담을 최소화하려고 수업 공개를 평소 수업처럼 한다는 지침을 정했지만 선생님들은 다양한 학습 자료를 풍부하고 적절하게 활용하였고, 소집단 활동 학습, 토의 학습, 역할 놀이 등 흥미롭고 다채로운 방법과 내용으로 수업을 전개하였다. 이에 "학생들이 발표도 잘 하고, 매우 활발하며 흥미 있게 참여하는 어린이 중심의 수업이었다."는 소감을 들을 때 선생님들이 무척 고맙고, 어린이들이 더욱 사랑스럽고 대견하였다.

학부모들은 각 교실 복도에 마련된 참관 등록부에 기재하고, 수업안을 보면서 진지하게 참관을 하며 참관록에 분석·기재 및 진술한 소감을 작성하는데 이는 지도 교사들에게 좋은 자료가 될 수 있었다.

어느 학부모는 학교장인 필자에게 "바쁜 중에도 많은 수업 준비를 하여, 열정으로 알찬 수업을 보여 준 선생님들께 감사하며, 마냥 어리광만 부리는 줄 알았던 아이가 친구들과 사이좋게 지내며 열심히 공부하는 것을 보니 정말 대견스럽고 사랑스럽다. 이런 좋은 기회를 마련하여 준 학교 측에 감사드린다."며 자녀 사랑과 수업 참관의 기쁨, 나아가 학교에 대한 신뢰를 표현해 주어 무척 보람을 느낄 수 있었다.

　공개수업은 교원들에게 부담이 되는 것도 사실이지만 교원능력
개발평가와 관련도 있고, 학부모의 알 권리를 충족하여 줄 수 있
는 등 많은 성과를 기대하고 있다. 교원의 교수·학습의 질 개선
및 수업 전문성을 신장하고, 학생과 학부모의 학교 교육에 대한
만족도를 제고하여 신뢰받는 교사상을 정립하고, 가정 교육과 학
교 교육이 적절하게 조화를 이루게 하고, 학교의 제반 교육 활동
에 대한 학부모들의 이해와 협조를 높이고, 자녀 교육에 대한 궁
금증을 풀어 주고, 가정과 연계하는 학생 지도 등 많은 효과가 있
다. 특히 수업이 끝난 후 참관한 학부모와의 간담회 및 상담은 매
우 진지하고 소중한 기회이다.
　학부모가 참여하는 학교 운영, 함께하는 수업 공개는 학생들에게
는 부모님을 기쁘게 해 드리며 앎의 기쁨과 자신감을 기를 수 있고,
학부모에게는 알 권리와 자녀 교육과 학교에 대한 만족을, 교사에
게는 전문성 함양으로 수업 능력을 높일 수 있는 계기가 될 것이다.
　앞으로 더욱 수업 공개 등을 활성화하여 학교와 학부모 그리고
지역 사회가 하나 되어 교육의 질을 높이며 즐겁게 배우고, 신나
게 가르치는 행복한 배움터가 될 것으로 기대해 본다.

- "김진웅 칼럼" 〈충청일보〉, 2011년 5월 27일

피서지에서

    지루한 장마가 끝났다고 하더니 비가 너무 자주 온다. 간혹 안오는 날은 이글거리는 태양이 심술을 부려 연일 30도가 훨씬 넘는다. 폭염에는 소나기가 그립고, 폭우가 계속되면 따갑더라도 햇볕을 바라는 우리 마음이 날씨만큼이나 변덕스러운 것 같다.

    한 달 전부터 친목 모임에서 피서를 가자고 계획을 세웠다. 협의 과정에서 전국 일주를 했다고 해도 과언이 아니다. 처음에는 "피서는 역시 바닷가로 가야지."라고 하면서 동해안을 가자고 했는데, 거리가 멀고 전국에서 모인 인파에 너무 시달린다고 남해안 이야기가 나왔다가 회원 중 누군가 바쁜 일 때문에 1박 2일도 어렵다고 해서 가까운 괴산군의 어느 계곡으로 가기로 결정했다. 바다가 없는 지방에 살아서인지 꼭 해수욕이 아니더라도 가슴이 탁

트이는 바다에 대한 욕심은 모두 있었지만, 바다 대신 계곡을 택한 것이다. 그러기에 바다가 아니라도 물을 선택한 회원들의 마음을 조금이나마 알 것 같았다.

드디어 약속한 전날, 며칠 작열하던 태양은 비를 내리며 심술을 부리고 있었다. 준비물을 챙기는데 비옷 등을 준비했지만, 가는 곳이 계곡이라 걱정은 되었다. 비가 내리면 사용료를 주고 들마루라도 빌린다든지 날씨를 보아가며 최종 행선지를 정하기로 했다.

이튿날 아침, 비는 간간이 부슬부슬 내리다가 구름 사이로 해님이 얼굴을 내밀기도 한다. 어린이들의 숨바꼭질이 연상되는 날씨다. 집결지에 모여 처음 계획대로 강행하기로 하였다. 도로에서 가까운 냇가는 사람들로 북적거렸지만, 우리 일행은 도보로 30분 이상 가서인지 인파는 많지 않았다. 간단한 해가림까지 하고, 넓은 바위 위에 돗자리를 펴니 안성맞춤이었다. 지나가는 사람들이 좋은 자리를 차지했다고 하고, 명당이라고 하였다.

아주 다행스러운 것은 비도 오지 않고, 구름도 적당히 드리워 주었다. 집에서 조리해온 음식물을 차려 놓고 이야기꽃을 피웠다. 모두들 덕담도 잘 한다. 나도 "평소에 쌓였던 생활의 스트레스를 날리고 재충전하는 소중한 자리가 되자."고 했다. 모두 천진난만한 동심(童心)으로 돌아간 것 같았다. 우리의 본심은 이처럼 맑고 고운데 세파(世波)에 시달려 엉뚱한 사람도 있나 보다. 성선설과 성악설을 거론하지 않더라도. 앞으로 우리 사회가 서로 믿는 가슴이 따뜻한 행동으로 가득 차 각종 범죄를 걱정하지 않는 복지 사회가 되는 것이 행복한 삶이고, 선진국으로 가는 지름길일 것이다.

　일행들과 어울리다 잠시 호젓한 시간을 갖고 싶었다. 장마 끝이라 바위와 계곡 가장자리까지 말끔히 닦고 씻어 놓았다. 조금만 더 올라오라고 이름 모를 산새가 불러 준다. 물도 그지없이 맑고, 발이 시릴 정도로 차다. 아무리 용쓰고 재주를 부려도 인력으로는 어림도 없다. 이것도 자연의 위대한 힘이다. 인적 없는 한적한 곳에 커다란 웅덩이가 있다. 바닥도 둑도 깨끗하고 커다란 바위로 구축된 노천탕이다. 옛날 달밤에 선녀가 다녀갔을 법한 아늑한 곳이다. 나도 모르게 옷 젖는 줄도 모르고 들어가 앉았다. 지금까지 시달렸던 온갖 스트레스도 날리고, 아픈 어깨도 낫는 듯 했다. 세상일을 모두 내려놓고 재충전하는 기회였다. 물은 차가웠지만 폭염에 괴롭던 일을 생각하니 견딜 만하였다. 계곡 옆의 낭떠러지를 보고 내 눈을 의심하였다. 기이하게도 커다란 물푸레나무 뿌리가 우람한 바위를 가까스로 떠받치고 있어, 많은 것을 생각하게 하는 모습이다. 바위 위나 틈에 나무가 자라는 것은 많이 보았지만, 나무뿌리 위에 커다란 바위가 올라앉아 있는 기이한 모습은 처음 보기에 나무가 너무 안쓰러웠다. 피서는 꼭 바다로만, 그리고 먼 곳으로 가야한다는 고정관념도 떨치는 실속 있고도 보람 있는 기회였다.

　　　　　　　　　　　　　　　－ "충청시론" 〈충청일보〉, 2011년 8월 12일

장하다,
충북 선수단

지난 5월 29일 폐막된 제41회 전국소년체육대회에서 충북이 3년 연속 종합 3위를 하였다. 경기도 고양시 일원에서 열린 대회에서 금메달 38, 은메달 31, 동메달 43개로 모두 113개의 메달을 획득하여 위업을 달성했다. 모든 면에서 도세가 약하고 열악한 여건에서 경기도와 서울에 이어 종합 3위에 올라 3년 연속 3위를 수성하는 쾌거를 이룬 것이다.

폐막식 이튿날 아침, 청주교육지원청 홍순규 교육장도 학교장에게 메일을 보냈다. 열정과 신념으로 선수들을 지도하고 성원을 보내 준 덕분에 이번 전국소년체육대회에서 충북이 3년 연속 3위라는 업적을 이루었고, 청주의 선수들이 금 21, 은 7, 동 21개의 좋은 성적을 거두어 감사하다는 메일이었다.

본교도 수영 부문에 출전을 하여 비록 입상은 하지 못했지만, 앞으로 가능성을 충분히 보여 주었기에 각오와 동기부여는 되었을 것이다. 충북의 약세 종목이었던 수영과 육상에서도 2관왕과 3관왕이 탄생하여 무척 기뻤다.

선수들에게 학업 결손을 최소화하면서 전인교육(全人敎育) 차원에서 준비하였기에 더욱 값지다. 이기용 교육감의 말씀처럼 학교 체육의 충실한 지도가 충북 체육의 발전으로 이어진다는 사명감을 갖고, 인프라 확충과 우수 선수 육성 발굴에 힘쓴 결과 3년 연속 종합 3위의 기적을 이루었다. 이는 교육감님의 학교 체육 육성에 대한 강한 의지와 도교육청, 교육지원청, 학교, 지도자 그리고 선수들이 최선을 다해 이룩한 땀의 결정(結晶)이다.

지난 70년대 전국소년체전 7연패를 달성하며 충북 체육의 기초를 닦은 장한 발자취도 있었지만, 2007년 종합 9위, 2008년 13위에서 2009년 4위로 오른 후 2010년부터 연속 3위를 차지한 것은 참으로 장하다. 이는 장기적 전략으로 체육 시설 인프라 확충과 선수, 지도자들에게 동기부여를 하여 사기 진작과 포상금 대폭 인상 등으로 무(無)에서 유(有)를 창조하였기에 기적이 현실로 나타난 것이다.

앞으로 더욱 우수 선수를 조기 발굴·육성하고, 충실한 관리로 이러한 위업이 이어지도록 각고(刻苦)의 노력과 지혜를 모아야 할 것이다. 필자가 보은에서 근무하던 학교에서 직접 겪은 일도 있다. 전국소년체전 투포환에서 결선까지 올랐던 우수 선수를 대전의 체육중학교로 보낼 수밖에 없었던 안타까운 일이다. 들려오는 말로는 그쪽에서 학부모를 찾아와 여러 가지 좋은 조건을 제시하고, 장래 진로를 강조하며 데리고 갔다는 것이다. 몇 년 전 현재 근무하는 학교의 수영 2관왕을 했던 유망주(有望株)가 서울에 있는 중학교로 간 것 역시 충북 체육에 뼈아픈 손실이 아닐 수 없다.

열악한 여건에서 온갖 고생과 피나는 열정으로 키워 놓은 충북 선수들이 타 시·도의 학교로 진학하거나 실업팀으로 빼앗기지 않아야 한다. 학교 체육의 연계성을 위해 충북체육고등학교 이전을 포함한 여러 가지 대책을 추진하고 있다고 하지만, 체육중학교 설립이나 실업팀 창단 등 특단의 대책이 있어야 할 것이다. 물론 다른 곳에 가서 국가 대표로 육성되어 국위 선양을 할 수도 있겠지만…….

또한, 최근 크게 난제가 되고 있는 학교 폭력 예방이나 생명 존중 교육 등에도 가장 효과적인 것이 체육이다. 앞으로 전국 3위 같은 성과를 교훈 삼아 학생들이 조화로운 학력 신장을 하고, 과중한 갖가지 스트레스를 해소시키며 더불어 살아가는 바람직한 태도와 진취적인 품성을 기르도록 체육 활성화에 더욱 힘써야 하겠다.

- "김진웅 칼럼" 〈충청일보〉, 2012년 6월 8일

봄비 내리던
아침에

　새봄을 재촉하며 보슬대며 내리는 봄비가 교정(校庭)을 촉촉하게 적시던 아침이었다. 그날은 전교생들의 책걸상이 새로 들어오도록 하느라, 평소에 주차하던 곳이 아닌 좀 떨어진 곳에 주차를 하였다. 차 안에서 서류를 챙기며 밖을 내다보니 한 어린이가 나를 바라보며 서있었다. '왜 교실로 안 들어가고 서 있지?' 생각하고 별 관심을 두진 않았는데 내가 차에서 내리니 우산을 펴 들고 가까이 와서 나를 씌워 주며, "교장 선생님, 우산 쓰세요."하는 것이 아닌가! 가랑비라 괜찮다고 하며 먼저 들어가라고 해도 받쳐주어 누군가 물었더니, 3학년 ○○○라고 한다. 고맙다는 말을 하고 교장실로 들어오며 생각에 잠겼다. 사람마다 생각은 좀 다르고 어쩌면 대단한 일이 아니고 지나치기 쉬운 사소한 일 같지만, 어린 학생이 순간적으로 마음에서 우러나 한 행동이기에 무척 기쁘고 가슴 벅찼다. 그날 오후 그 학생의 교실을 찾아가 담임 선생님께 참고로 이야기하여 주었다.

금학년도 우리 청주 교육의 역점 사업 세 가지 중 첫 번째가 존경과 사랑이 넘치는 인사 나누기, 때와 장소를 가릴 줄 아는 습관 기르기, 가정 교육의 날 운영 등을 지도하는 '다사랑 교육 실천하기'이다. 우리 학교의 노력 중점 첫 번째도 인사 잘 하기로 '체험 중심의 인성 교육' 지도에 힘쓰고 있지만 그날 아침 한 어린이의 예상하지 못한 선행은 나에게 신선한 감동을 주었다. 또한, 본교 특색 사업으로도 배려하고 칭찬하는 학교 문화 조성, 가정과 연계한 교육 등을 실천하는 '다 행복한 학교 문화 조성'에 적극 노력하고 있지만 800여 명의 학생들이 어느 정도 알고 있고, 어떤 교육적 효과가 나타나고, 교직원들과 학부모님들에게 얼마나 감동과 만족을 주고 있는지에 대해선 막연한 기대만 하고 있었는데…….

아무리 거창한 국가 정책이나 제도 그리고 교육 시책도 국민들이나 학생들에게 침투되지 않고 효과가 없으면 아무 소용이 없을 것이다. 제아무리 좋은 시책도 시행이 안 되고, 실천이 안 되면 '빛 좋은 개살구'일 뿐이다. '多 행복한 학교''다사랑 교육' 등도 학교 문화부터 하나하나 달라지고 현장에 나타나야 한다. "사랑합니다." 인사말이 학교 현장에 어느 정도 정착된 것에 만족하지 말고, 말로 그치는 것이 아니라 가슴속에서 스스로 사랑과 존경이 넘치는 태도가 습관화되어야 하는 것처럼.

　얼마 전 한국고용정보원이 2010년부터 2011년까지 우리나라 759개 직업에 종사하는 2만 6천여 명을 대상으로 직업 만족도를 조사한 결과, 1위가 초등학교 교장이라고 한다. 직무 만족도, 직업의 지속성, 사회적 기여도 등을 종합적으로 고려해서, 현재 몸담고 있는 직업에 얼마나 만족하고 있는지를 해당 직업 종사자들이 주관적으로 평가한 개념이란다. 대학교 총장(14위), 고소득 전문직인 의사(44위), 변호사(57) 그리고 국회의원(73위) 등을 제치고 1위를 했다니 초등학교 교장의 한 사람으로서 좀 의외의 결과이다. 요즘 같은 어려운 교육 여건에서 힘겨운 때도 많은데 학교 교육의 막중함을 말해 주고 있는 듯해 긍지를 느낄 수 있고, 사명감에 더욱 어깨가 무거워진다.
　비 오는 날 스스로 우산을 받쳐 준 자그마한 행동이 진정한 교육과 보람을 알게 하여 준 것처럼, 앞으로 부모님이나 선생님들이 시키지 않아도 스스로 큰 꿈을 가지고 힘껏 노력하고, 바른 인성으로 바람직한 행동을 하는 다사랑 교육을 실천하는 학생들이 많아지기를 기원한다.

- "김진웅 칼럼" 〈충청일보〉, 2012년 4월 13일

바다 향기
산을 넘어

올해 추석은 긴 연휴를 즐기는 사람도 많았지만, 월요일 근무를 하고 추석 전날 새벽에 부산으로 향했다. 더 일찍 출발할 수도 있었는데 비가 많이 내려 좀 늦어졌지만, 부지런히 서두른 덕분에 청원-상주 고속도로를 거쳐 경북 청도휴게소까지 한 번에 갈 수 있었다. 차츰 고속도로와 휴게소가 추석임을 말해 주었다. 최대 명절답게 빗속의 이른 시각에도 고향을 찾고 조상을 섬기기 위하여 '민족의 대이동'을 하는 모습은 참으로 경이롭다. 우리의 미풍양속에 세계가 놀라고 있다. 계기 교육을 통하여 학생들의 인성교육 등을 하는 것은 미립이라는 것도 알았다. 도시 생활에서 벗어나 고향에 모여 살가운 덕담을 나누고 향수에 젖어 보면 자연스레 스트레스가 해소되고 재충전이 될 것이다. 명절을 계기로 좀 더

화합하고, 소통하여 서로 갈등을 푸는 원동력이 되었으면 한다.

　기차를 예매하여 이용하다가 승용차를 가지고 간 것은 처음이
지만 생소하고 복잡한 부산 시내도 내비게이션 덕분에 쉽게 찾아
갈 수 있었다. 지도를 보고 생각하며 길을 찾아가야 좋겠지만 기
계·장비에 의존하고 있다. 이러다가 기계의 노예가 되지나 않을
까! 만약 장비가 고장이라도 난다면…… 내 승용차이지만 아들
이 운전을 하니, 신문도 보고 잠깐씩 토끼잠도 잘 수 있었다. 혼
자만 운전할 수 있는 보험이라서 이틀간 추가 지정을 하였다. 보
험료도 무척 저렴하여 필요할 때 이러한 제도를 활용하면 좋을
듯했다. 정보사회에 각종 정보를 생활에 활용하면 유익하다는 것
을 실감하였다.

　오전 일찍 부산에 도착하니 모처럼 느긋하고 여유롭다. 형님
댁에서 오붓한 시간을 보내다 밖으로 나갔다. 멀리 부산까지 왔는
데 집 안에만 있기는 아깝다는 생각이 들어서였다. 아름다운 해
운대의 동백섬을 한 바퀴 돌았다. 간간이 외국인들도 보였지만,
더 많은 관광객이 우리나라에 찾아왔으면 하는 욕심이다. 동백섬
은 언제 보아도 수려하고, 자꾸 오고 싶은 명소이다. 땀으로 흠뻑
젖었지만 시원한 바닷바람은 상쾌하기 이를 데 없었다. 동백섬을
다녀와서 곧장 들어가지 않고 마을 뒷산으로 향했다.

　이름도 모르는 산이지만 생각보다 가파른 산에 올라 그늘에 있

는 벤치에 앉아 책을 펼쳤다. 바다 향기는 산을 넘으며 산바람과 함께 땀에 젖은 내 등을 보듬어 주며 책장을 넘겨주었다. 이렇게 독서삼매에 빠져들었다. 어느새 젖은 옷은 뽀송뽀송해졌고, 마음 또한 날아갈 듯하였다. 잠시 책에서 눈을 떼고 숲을 둘러보았다. 아름드리 늠름한 소나무들이 위용을 자랑하고 있는 사이에 비스 듬히 누워 있는 아카시아 나무가 보였다. 안쓰러운 마음에 바라보 니 나무가 쓰러질 때 그랬는지 밑동은 갈라져 해어지고 뿌리까지 거의 드러내 놓고 있어 죽은 듯이 보였다. 마치 뜬게처럼.

  '어떻게 살아 있을까?' 걱정이 되어 살펴보니 아래쪽에 서 있는 나무가 Y자 모양의 가지로 곰살궂게 받쳐 주고 있다. 쓰러지면서 그곳으로 들어갔는지, Y자 가지가 구조의 손길을 뻗쳤는지! 쓰러 질 때 옆에 있는 가녀가녀린 소나무는 약간 껍질이 벗겨졌지만 야 살스럽게 옆으로 피하고, 동족인 아카시아 나무가 힘겹게 살려 내 고 있었다. 애면글면하게 누워 있는 가지와 잎은 생각보다 무성했 다. 같은 나무라 살렸는지, 숭고한 희생정신인지……. 마치 나무 가 아닌 사람들 같다. 어려운 사람, 불편한 사람을 도와주고 서로 상생하며 원원(win-win) 게임으로 발전하고 화합해야 한다고, 바다 향기도 산을 넘으며 많은 귀엣말을 들려주었다.

- "김진웅 칼럼" 〈충청일보〉, 2010년 10월 13일

장하다,
대한의 딸들

　얼마 전 추석날 새벽, 자랑스러운 17세 이하 태극 소녀들이 준결승전에서 강호 스페인을 2 : 1로 꺾고 국제축구연맹(FIFA) 주관 대회에서 우리나라 남녀를 통틀어 처음으로 결승에 진출하는 감격의 낭보를 전했다. 전반 23분 스페인에게 선취골을 허용하였지만, 여민지 선수가 헤딩골을 터뜨리고 온 국민들에게 큰절로 추석 선물을 보냈을 때 나도 모르게 가슴이 뭉클하고 감격의 눈물이 흘렀다.

　엊그제 일요일 아침에는 트리니다드 토바코에서 숙적 일본과 결승전을 하였다. 전반 6분 이정은 선수의 선취골로 앞섰지만, 일본 선수에게 잇따라 중거리 슛을 허용하여 한 골 뒤진 채 전반전을 마치는 줄 알았다. 그런데 종료 직전 김아름 선수의 절묘한 프리킥이 성공하면서 전반을 2 : 2 동점으로 마치게 되어 승리의 주춧돌을 놓았다.

후반전 역시 손에 땀을 쥐게 하였다. 점유율, 코너킥, 슈팅 수 등에서 일본에게 밀리다가 후반 12분 재역전골을 허용했을 때 '이러다가 지는 것 아냐?'하는 불길한 생각도 들었지만, 후반 33분 교체된 이소담 선수의 중거리 슛 성공으로 다시 균형을 이뤘다. 최덕주 감독의 뛰어난 용병술 효과였다. 연장전까지 120분간의 사투(死鬪) 끝에 결국 승부차기까지 갔다. 우리의 투지 넘치는 정확한 슛에 당황한 일본은 마지막 키커가 실축하여 우리가 5 : 4 로 승리하였다. 1882년 축구가 이 땅에 첫 선을 보인 이후 열악한 환경에서 128년 만에 FIFA 주관 대회에서 처음으로 우승을 하는 금자탑을 쌓은 것이다. 특히 여민지 선수는 우리 축구 사상 처음으로 '득점왕'과 '최우수 선수' 그리고 '팀 우승'까지 3관왕에 등극하여, 전 세계 또래 여자 축구 선수 가운데 최고의 별이 되었으니 참으로 꿈만 같은 쾌거이다.

이러한 쾌거는 우연히 된 것이 아니었다. 여자 선수들은 상대와 싸우기에 앞서 '여자가 무슨 축구냐?'라는 선입견과 싸워야 했다. 팀 수와 등록 선수 등 모든 면이 축구 강국과 비교가 되지 않고, 남자 축구에 비해도 15분의 1 수준이며 상대적으로 관심도 적었다. 하지만 남자들이 이루지 못한 20세 이하 3위에 이어 이번 대회엔 우승까지 해냄으로써 저 멀리 중앙아메리카에서 태극기 휘날리며 애국가가 우렁차게 울려 퍼지게 하였으니 몇 번을 보아도 감격의 눈물이 나는 가슴 뭉클한 한 편의 드라마이다.

　이렇게 무에서 유를 창조한 우승을 한 것은 최덕주 감독의 '자상한 아버지 리더십'으로 "우리는 이기기 위해서가 아니라 즐기기 위해서 축구를 한다."는 지도로 모든 선수들이 피나게 노력한 결실이라 하며, 2002년 월드컵을 기점으로 대한축구협회가 여자축구 육성에 적극 힘쓴 것도 혜안이었다. 여기에 상대를 움찔하게 하는 무서운 집중력과 투혼이 빛났다. 다리에 쥐가 나고 몸이 탈진할 정도인데도 연장과 승부차기까지 가는 사투에서도 대담한 플레이로 대한의 딸들답게 저력을 발휘하여 승리할 수 있었다. 이 장한 선수들처럼 모든 국민들이 학업이나 생업을 마지못해 하지 말고 지금 여기에서 하는 일을 즐기면서 몰입하여 꾸준하게 할 때 더욱 보람도 있고, 성공을 할 수 있지 않을까!

　지난 8월, 20세 이하 3위의 쾌거에 이어 이번 세계 제패를 계기로, 앞으로 대학을 비롯해서 여자 축구팀을 획기적으로 늘려 운영하고, 사랑과 관심과 과감한 투자를 한다면 여자 축구가 더욱 발전하여 2015년 여자 월드컵에서도 정상을 차지할 수 있을 것이다. 아무리 칭찬해도 지나치지 않을 장한 대한의 딸들에게 온 국민은 환호의 큰 박수를 보내고 있다.

- "김진웅 칼럼" 〈충청일보〉, 2010년 9월 29일

신비의
바닷길

지난달 충청남도 보령시에 있는 무창포를 다녀올 기회가 있었
다. 무창포 바다는 매월 음력 보름과 그믐께 신비의 바닷길이 매
달 한두 차례 열리는 곳으로 유명한 곳인데 마침 연중 가장 크게
열리는 때라고 했다.

그날은 마침 음력 1월 17일(양력 2월 9일)이었고, 18일까지 양
일간 바닷물의 높이(조위)가 −37cm와 −38cm로 연중 가장 낮
게 나타나 바닷길이 가장 크게 열리는 날이라는 큰 선물을 받았
다. 해변에서부터 앞바다의 석대도까지 1.5km 가량 되는 길이
S자 형태의 곡선으로 펼쳐지는 신비의 바닷길에는 전국 각지에서
모인 관광객으로 인산인해(人山人海)를 이루는 장관이 펼쳐졌다.
필자도 수많은 사람들의 물결에 떠밀리다시피 석대도까지 가며,

평소에는 바다 속에 감춰졌던 석굴과 바지락 그리고 톳을 채취하기에 몰입하였다. 보통 때 업무를 보거나 글을 쓸 때도 이렇게 잡념 없이 무아경(無我境)에 들 수 있다면 얼마나 좋을까!

현지의 주민들은 굴을 쪼는 호미며 어망 등을 갖추고, 지게까지 지고 와서 많은 해산물을 채취하고 있었다. 해산물을 팔면 생계에 많은 도움이 될 것 같았다. 호기심에 몇 가지 질문을 하니 바쁜 중에도 친절하게 대하여 주었다. 비록 눈길은 주지 않았지만. 필자도 그분들에게 귀동냥을 한 지식으로 일행과 함께 굴을 깨어서 맛을 보니 상큼하고 무척 맛이 있었다. 아무 연모 없이 원시인처럼 뾰족한 돌로 굴을 쪼아 보니 다음에 올 때는 간단한 준비라도 해와야겠다는 것도 알았다. 하지만 평소에 보이지 않던 바닷길을 한 번 걸어 보는 것만으로도 훌륭한 추억 거리가 아니겠는가! 필자의 학교 학생들이 청소년 단체 활동으로 갯벌 체험 학습을 다녀오기도 했는데, 가능하면 이런 신비의 바닷길 체험도 했으면 하는 욕심이 생겼다.

영화 〈십계〉에서의 홍해처럼 바닷물이 한꺼번에 쩍 갈라지는 것은 아니고, 평소에는 바닷물에 잠겨 있던 부분이 물이 많이 빠져서 드러나게 되는 것이다. 대자연의 섭리와 위력에 비하면 만물의 영장이라는 사람의 힘은 아주 미약하고, 우리는 자연에 순응하며 자연을 보호하며 살아야 한다는 진리도 깨달았다.

출렁이는 바다, 평소에 접하지 못하던 바다 냄새에 취해 조개를 주우며 가다가 큰일 날 뻔하였다. 미끄러운 바위를 잘못 밟아 나동그라지고 말았다. 하마터면 팔을 부러뜨릴 뻔 했는데 손을 짚지 않고 몸으로 쓰러진 탓인지 골절 부상은 모면할 수 있어서 다행이었다. '호사다마(好事多魔)'라는 말도 생각나고, 회갑이 넘은 나이에도 좀 더 침착하지 못하고 조심성이 부족한 자신을 탓해 보기도 하였다. 만약 부상을 당했다면 몇 달 동안 고생하고 그 날 함께 갔던 일행들까지 걱정을 하게 했을 것인데……. 분풀이로 바다 환경을 해치는 주범 중 하나인 불가사리를 하나 주워 멀리 던져 보았다. 그놈 종류도 한 가지 종류가 아니고, 개체 수 또한 엄청나게 많다는 것도 나중에 알았다. 조개나 고기가 이렇게 많으면 얼마나 좋을까!

석대도까지 건너가서 상념에 잠겨 보았다. 자연과 바다의 일부가 된 나! 바닷물이 들어와 무인도인 작은 섬에 홀로 있는 상상을 하며 자연과 하나 되어 잡념을 잊고 자신을 되돌아본 소중한 신비의 바닷길 체험이었다.

– "열린 광장" 〈충청타임즈〉, 2011년 3월 4일

동아리
축구

　산과 들이 나날이 싱그럽고 푸르러지며 초여름 잔치를 하고 있다. 우리 학교는 지난 6월 4일, 산남초등학교에서 있었던 동아리 축구 청주시 예선에 참가하였다. 동아리 축구는 2002년 한일 월드컵에서 4강 신화를 창조한 것을 기념하고, 초·중학교의 축구 발전과 학생들의 축구 사랑 분위기 조성을 위하여 해마다 열리고 있다. 초·중학생을 대상으로 학년별 클럽 대항 축구 경기 대회를 개최하여 학생들의 건강 증진과 건전하고 밝은 여가 선용의 기회를 제공하여 즐겁고 명랑한 학교생활에 이바지하고 있다. 금년에는 제9회 교육감기 4, 5, 6, 7학년별 동아리 축구 대회 겸 제5회 설암(김천호)배 축구 대회로 펼쳐지는 것이다. 6월 4일까지 청주 교육청의 지역 예선 대회가 실시되었고, 청주 본선 대회는 6월 11

일에, 충청북도 대회는 오는 9월 11일부터 12일까지 충주에서 개최될 예정이다.

본교를 포함한 F조는 7개 학교가 토너먼트로 예선을 진행하였다. 우리 5학년부는 첫 경기에서 ○○학교를 맞이하여 그동안 틈틈이 연습한 실력을 발휘하여 이겼고, 두 번째 경기에서 다른 학교를 맞아 안타깝게 지고 말았지만 최선을 다한 멋진 경기였다. 6학년부는 두 번에 걸쳐 연달아 이기고 홈그라운드의 이점을 안은 학교와 결승전을 갖게 되었다. 오늘 결승전에서 한 번은 부전승으로 올라와 체력을 비축할 수 있었던 상대 팀과 후회 없는 명승부의 멋진 경기를 하여 승리할 수 있어서 선수들이 무척 대견스러웠다. 일상생활의 모든 일이 결과도 중요하지만 과정이 더욱 중요하다는 것을 누구나 공감하고 있을 것이다. 이기는 과정에는 어린 선수들답지 않게 씩씩하고 믿음직스럽게 경기를 펼쳐 준 6학년 선수들은 물론, 경기가 끝난 5학년 선수들을 중심으로 한 뜨거운 응원전까지 우리 학교에서 경기를 갖는 것이라는 착각이 들 정도로 대단하였다. 숫자로는 비교도 안 될 적은 수의 어린이들이 월드컵 때 "대~한민국!"을 외치는 것처럼 목이 터져라 "경~덕!"을 부르짖으며 응원을 하는 모습을 보고 참으로 기특하였다. 스스로 열정적으로 온 힘을 다하여 응원을 하는 것은 마음에서 우러나서 축구를 좋아하고 즐기는 속에서 되는 것이지, 결코 누가 시켜서는 도저히 이루어지지 않을 일이었다. 학생들의 공부도, 어른들의 직장 업무나 각종 일도 모두 마찬가지일 것이다. 누가 시켜서 마지못해 하는 것이 아니라 '내가 좋아서, 그 일을 즐기며' 할 때 보람도 있고, 능률도 오르고, 발전도 가져올 수 있지 않을까! 또 이런 모습을 보고 필자는 새삼 생각에 잠겼다.

'어린이는 역시 어린이야, 저렇게 운동을 좋아하고 놀고 싶어 하는데, 우리의 현실은 어떠한가! 학교 공부가 끝나면 아이들답게 마음껏 뛰어놀며 창의력과 협동심을 기르고, 더불어 사는 착하고 바른 인성을 길러 주어야 하는데, 끝나자마자 ○○학원으로 또 다른 학원으로 연달아 달려가야 하니…….'

이제 2010 남아공 월드컵이 개막되고, 우리나라는 6월 12일 B조 예선 첫 경기인 그리스전을 코앞에 두고 있다. 모쪼록 2002년 한·일 월드컵 4강 신화를 이룩하여 동아리 축구가 탄생한 것처럼, 첫 경기부터 승리하여 자신감과 사기를 북돋아 주어 두 번째와 세 번째 예선 경기도 성공적으로 치를 수 있길 바란다. 이를 통해 우리나라가 목표로 하는 원정 경기에서 16강 이상 올라갈 수 있으면 얼마나 좋을까! 앞으로 동아리 축구 등을 통하여 더욱 발전된 강한 축구로 체력을 강하게 하고, 온 국민의 화합과 단결을 가져와 국력을 부강하게 하는 계기가 되었으면 하는 바람 간절하다.

- "김진웅 칼럼" 〈충청일보〉, 2010년 6월 9일

만병통치약

　지난해 11월 성공적으로 개최되었던 G20 서울정상회의, 광저우아시안게임에서 일본을 여유 있게 제치고 차지한 준우승 등 희소식에 환호도 하였지만, 일 년 내내 전국을 강타한 배추 파동, 11월 말 무렵 경북 안동에서 발생한 구제역은 지금도 전국 대부분을 휩쓸고 있고, 겨울 날씨마저 몇 십 년만의 혹한이었으며, 최근에는 강원도 동해안을 중심으로 100년 만에 처음이라는 1m가 넘는 기록적인 폭설로 온 국민이 고통에 시달리고 많은 걱정을 하고 있는 실정이다.

　국가적으로나 사회적인 환경도 중요하지만 특히 행·불행을 좌우하는 것이 신체 건강이나 마음의 건강 문제일 것이다. 살아가다 보면 건강하다가도 몸이 아프거나 걱정거리로 고민을 해 보지 않은 사람은 없다고 해도 과언이 아닐 것이다. 이럴 때마다 '만병통치약'이 있어 사람의 병도 치유하여 주고, 요즈음 국가적인 대책을 요하는 구제역 같은 가축의 병도 고칠 수 있다면……

　책을 읽다 보니, 놀랍게도 세상에는 만병통치약이 존재한다고 한다. 퇴계 이황 선생의 평생 건강 비법인 만병통치약이다. 한 가지도 아니고 두 가지가 있다고 하였다. 하나는 의사가 포기한 병도 이 약만 달여 먹으면 완치된다는 '중화탕(中和湯)'이고, 다른 하나는 갑자기 가슴이 답답하고 온몸이 불에 타듯 열이 날 때 효험을 내는 '화기환(和氣丸)'이다. 그런 거짓말이 어디 있느냐고 하겠지만, 이 명약들은 퇴계 이황 선생이 쓴 의학 서적인 〈활인심방〉에 나오는 약이니 허무맹랑한 이야기만은 아닐 것이다.

　언젠가 병원에 갔을 때, 의사 선생님이 한 이야기가 지금도 생각난다.

　"원인은 스트레스입니다." 맞는 말 같다는 것을 대부분 공감할 것이다.

　앞에서 언급한 중화탕에 대하여 알아보면, 한 쪽에 치우치지 않고 잘 조화시켜 달여 먹는다는 뜻의 이 처방은 물질적인 약(藥)이 아니라, 만병의 근원인 마음을 잘 다스려서 의술로 고치기 힘든 병들을 고치고, 원기(元氣)를 돋우며 사기(邪氣)를 막아 건강하게 오래 살 수 있는 정신 치료법이라 할 수 있다. 그래도 의사들이 치료하지 못하는 일체의 병을 다스리고, 이것을 복용하면 원기가 튼튼해지며 사기가 침입하지 못해 만병이 발생하지 못하여 장수할 수 있으니 만병통치약인 것은 분명할 것 같다. 그런데 이 약재가 기가 막히다. 생각을 간사하게 하지 말 것, 좋은 일만 할 것, 스스로 마음을 속이지 말 것, 자기 분수를 지킬 것, 함부로 성내지 말 것, 중용을 지킬 것 등 지켜야 할 마음가짐 30가지를 가루를 낸 뒤 느긋하게 달여 때를 가리지 말고 수시로 복용하라니 참으로 지혜 있고 유머러스한 명약임이 틀림없다는 생각이 든다. 각종 스트레스로 고민하고 시달리는 현대인에게 중화탕은 마음의 안정은 물론 건강을 지키는 좋은 방법이 되며 건강하고 건전한 사회의 초석이 되는 데 기여할 것이다.

화기환 또한 놀라운 만병통치약이다. 화기환은 참을 '인(忍)'자이다. 그저 입을 꾹 다물고 침으로 참을 '인(忍)'자를 녹여 천천히 씹어 삼키는 약이다. 욕심이 생기고, 분할 때 특효약인데 이 약을 먹고 나면 '내가 잘 참았지.'라는 생각이 들면서 마음이 평온해진다는 것이다.

퇴계 선생의 중화탕과 화기환 그리고 양생법을 나부터 생활 속에서 실천한다면 큰 도움이 될 것 같다. 옛날이야기처럼 허무맹랑하게 생각하지 말고 심신수양 차원에서 가능한 것부터 실천하여 보겠다. 이것이 만병통치약이고, 무병장수의 비법일 것이다. 공연히 "누구는 몰라서 못하느냐."고 아집(我執)에 사로잡히지 말고, 노자(老子)의 말처럼 "나의 말이 알기 쉽고 행하기도 쉬운데 사람들이 이를 행하지 않는다."면 아무 소용이 없을 것이다.

- "김진웅 칼럼" 〈충청일보〉, 2011년 2월 25일

겨울 방학을
맞이하며

　지난주 금요일에 우리 고장에 첫눈이 내렸다. 내리면서 녹았지만 대개 추억에 잠겼을 것이고, 요즘은 마지막 한 장 남은 달력을 보면서 누구나 생각이 많아지고 바쁜 시기일 것이다.

　어느덧 2011년을 마무리하는 시기가 되었다. 어느 시인이 "이 세상에 영원히 소유할 수 없는 것은 이미 떠나 버린 사람의 마음과 무상하게 흘러가는 시간"이라고 했듯이, 가는 해는 붙잡을 수 없고, 세월은 유수(流水)와 같다.

　학생들은 기다리던 겨울 방학을 맞이하게 되었다. 사전 학습을 충실히 한 대로 스스로 방학 계획을 세워 잘 실천하여야 하겠다. 전에는 방학을 하면 주로 가정에서 생활하였는데 지금은 교육 환경이 많이 달라졌다. 방과후학교와 갖가지 과정에 스스로 즐거운 마음으로 열심히 참여하여 소질 계발과 힘을 기르는 좋은 기회가 되길 바란다.

교직원들도 맡은 근무와 업무 처리를 하고 각종 연수를 받다보면 평소보다 더 바쁘다고 해도 과언이 아닌데, 실정을 잘 모르는 사람은 선생님들이 방학 때는 그냥 쉬는 줄로 잘못 알고 부러워하기도 하는 것 같다.

지난 12월 1일 교육과학기술부에서 2011년 국가수준 학업성취도 평가를 발표하였다. 시·도별 기초학력 미달 비율 분석 결과, 충북·대구 등이 전반적으로 기초학력 미달 비율이 가장 낮았다. 학교 급별로 분석하여 보면, 초등학교 6학년은 충북·경남·대구, 중학교 3학년은 인천·충북·대구, 고등학교 2학년은 대전·광주·충북의 기초학력 미달 비율이 가장 낮았다. '기초학력 미달'이란 해당 학년의 학생들이 반드시 성취하기를 기대하는 최소 목표 수준에 이르지 못하는(교육 과정 이해 정도 20% 미만) 경우로 기초학력 미달 학생은 다음 학년의 교수·학습 활동을 정상적으로 수행하기 어려우므로 별도 보정 과정이 필요하다.

또한, 종합적인 평가에서 충청북도가 3년 연속 전국 최상위를 차지한 것은 여러 가지 어려운 환경에서도 오직 열과 성을 다하여 지도하여 준 선생님들과 가정에서 적극적이고 긍정적으로 성원하여 준 학부모님들, 그리고 스스로 열심히 배우고 익힌 학생들이 땀 흘린 값진 성과이니, 어떠한 경우라도 이 평가 결과를 폄훼하거나 왜곡하지 않아야 한다.

　따라서 이번 겨울 방학에는 이러한 우수한 학력을 바탕으로 튼튼한 몸으로 바른 인성을 기르고 실천하는 데 더욱 힘써야 한다. 학력과 소질과 창의성과 인성을 기르는 것은 개인의 발전은 물론 가정과 지역 사회의 힘, 나아가 국력이 되고, 대한민국의 미래를 이끌어 가는 가장 큰 원동력이 될 것이다.

　그러기 위해서 학생들이 스스로 학습하고, 좋은 책을 많이 읽고, EBS교육방송 학습·충북사이버가정 학습·체험 학습 등을 적극 활용하며 '시켜서 하는 학습'이 아니라 '스스로 즐기는 학습'이 되도록 노력하여야 한다. 또한, 다른 사람들이 하는 행동을 무조건 따라하지 말고 '옳고 그름'을 스스로 잘 판단해서 행동하여야 하며, 어려운 일이나 고민이 있을 때는 혼자 일탈(逸脫)된 행동을 하지 말고 선생님이나 부모님과 상담하고 행동하여야 한다. 특히 누구나 의견을 제시할 때는 관계되는 사람과 창구를 통하여 건전하게 전달하여 반영하는 성숙한 태도가 절실하게 요구되는 시점이다.

　모쪼록 사랑하는 우리 학생들이 안전하고, 즐겁고, 알찬 방학 생활을 하며 희망찬 임진년 새해에는 더욱 튼튼하고, 슬기롭고, 가슴이 따뜻한 꿈나무로 자라나길 기원한다.

- "김진웅 칼럼" 〈충청일보〉, 2011년 12월 16일

행복한 학교

'多 행복한 학교'와 '사랑과 존중을 실천하는 인성 교육'을 창의
적이고 충실하게 운영하여야 학생이 행복하고, 교직원이 보람을
느끼고, 지역 사회와 학부모가 오롯이 만족할 수 있을 것이다.

페스탈로치의 말처럼 사랑과 봉사는 교육자의 생명이다. 국가
백년대계를 좌우하는 교육은 삼위일체(三位一體)인 교사와 학
생 간의 상호작용, 그리고 바람직한 학부모의 지원에 의해 성공
할 수 있다.

다多
행복한 학교

　지난 3월 9일, 충북학생교육문화원에서 충북 교육 정책 역량 강화를 위한 2012 제1차 학교장 연찬회에 참석하였다. 교육감님 인사 말씀에 이어, '청렴은 경쟁력이다'와 '학교 폭력에 대한 반응과 극복 방안'에 대한 특강 그리고 전달사항 등 바쁜 오후 일정이었다.

　학년 초인 요즘 학교에서는 학습 지도, 생활 지도, 인성 지도, 학교 폭력 예방 지도, 각종 조직·운영 등 눈코 뜰 새 없다. 또한, 주 5일제 수업에 따른 토요 방과후학교, 스포츠데이, 토요 돌봄 교실 운영도 선생님들을 힘겹게 하지만 이 또한 행복한 학교를 만드는 것이리라.

　충북 교육의 특색인 '多 행복한 학교'와 '사랑과 존중을 실천하는 인성 교육'을 창의적이고 충실하게 운영하여야 학생이 행복하고, 교직원이 보람을 느끼고, 지역 사회와 학부모가 오롯이 만족할 수 있을 것이다.

　작지만 소중한 학교 문화 개선으로 학생, 교사, 학부모가 행복한 학교를 구현하고, '多 행복한 학교' 운영을 통한 관심과 사랑의 교육 나눔으로 교육 만족도를 획기적으로 높이고자, 우리 학교에서도 多 행복한 학교를 만들기 위하여 자체 계획을 수립하고 하나하나 학교 문화를 개선하여 나가고 있다.

　학생이 행복한 학교를 만들기 위하여 선생님이 학생의 이름을 불러 주며 웃으면서 먼저 인사하기, 학생을 꾸중하지 않고 좋은 점을 찾아 칭찬하기, 바른 언어의 사용과 편애하지 않기, 학생과 정기적인 상담을 하고 상담 일지를 작성·활용하기, 저속한 속어나 은어 등을 하지 않고 친구끼리 바르고 고운 말 쓰기 등 학생들이 밝고 쾌적한 환경과 개방적이고 확산적인 태도로 학습하며 진취적인 생활을 하도록 모두 적극 노력하고 있다.

　학부모가 행복한 학교를 위하여 학년 초에 학교장 서한문과 함께 담임의 자기소개, 교육 철학, 학급 운영 방침 등을 소개하는 편지와 학급 사진을 가정에 보내어 학부모가 학교·학급 운영에 관심을 갖고 동참하는 분위기가 되도록 하는 것을 비롯해서 상담 시간 갖기, 안내 사항을 문자로 보내기, 청렴 서한문 보내기 등을 통하여 학부모가 학교와 담임을 신뢰하고 자녀 교육을 맡길 수 있는 행복한 교육 환경이 되도록 힘쓰고 있다.

선생님이 행복한 학교를 위해서도 희망을 고려하여 업무를 정하고, 특정 선생님에게 업무가 집중되지 않도록 하였다. 학부모님도 밥상머리 교육 등을 충실하게 하여 바람직한 태도를 길러 주고, 자녀 앞에서 학교나 선생님에 대하여 긍정적인 이야기를 하고, 결코 부정적인 말이나 비난하는 일이 없어야 하겠다. 또한, 정보 공유, 원활한 의사소통, 매우 만족하는 교육 만족도 응답 등으로 동참하여야 할 것이다.

　　多 행복한 학교를 구현하기 위하여 여러 가지 피나는 노력을 하고 있지만, 밑바탕이 되어야 하는 것은 사랑과 존중을 실천하는 인성 교육이다. '군사부일체(君師父一體)'라는 말을 인용하지 않더라도 학부모와 사회에서 학교의 중요성을 알고 신뢰하고, 선생님은 학생을 사랑하고 학부모를 믿고 서로 존중하는 가운데 백년대계(百年大計)인 교육이 제대로 될 수 있다. 학생들도 당장의 재미와 편안과 권리 주장에 앞서 바른 생각, 바람직한 행동을 하며 큰 꿈을 가지고 미래의 자신을 생생하게 그려 보면서 미쁘게 힘써야 한다. 또한, 국가와 부모님과 선생님의 고마움을 알고 존경하며, 바람직한 인성과 미래의 주인공이 될 힘을 기르는 데 최선을 다하도록 교육 환경을 조성하고 실천하는 것이 '多 행복한 학교'가 꿈꾸는 세상일 것이다.

　　　　　　　　　　　　　　- "김진웅 칼럼" 〈충청일보〉, 2012년 3월 16일

새봄, 새 학년을 맞이하며

희망찬 새봄이다. 엄청나게 기승을 부렸던 동장군(冬將軍)과 폭설을 이겨 내고, 아직은 얕푸르지도 않지만 봄의 전령인 개나리와 진달래를 앞세우며 봄소식들이 하나하나 찾아오고 있다. 만물이 소생하는 활기찬 새봄과 더불어 사람도 대자연도 새로운 희망으로 새 출발을 하고 있다.

농촌처럼 학교에서도 봄은 매우 중요하고 바쁜 시기이다. 필자도 2월 중순 졸업식과 종업식을 마치고 나서 홀가분한 2월 말을 보내기는커녕 승진하고 영전하는 분들에게 축하도 제때 못할 정도로 분주하게 지냈다. 이 기회에 그분들께 양해도 구하며 거듭 축하를 드린다.

지난 학년도를 마무리하고 새 학년도를 준비하는 과정은 무척 많은 열정과 각고의 노력을 요하였다. 전출·입하는 분 환송·맞이하기, 보직교사 임면, 담임과 전담 선생님 선정, 업무 분장, 새 학년 준비……. '적재적소(適材適所)'라는 말은 쉬워도 실제로 시행하려면 결코 쉬운 일이 아니다. 저울로 다는 것도 자로 재어서 정하는 것도 아니기에, 가급적 희망을 들어 협의를 거쳐 신중을 거듭하여 정하려니 하루도 쉴 수 없었다. 잘 모르는 사람은 학교에서는 봄 방학을 하면 맘 편하게 그냥 쉬는 줄 알겠지만. 학생들도 등교하여 방과후학교 학습을 하면서 좋은 책과 벗하였고, 선생님들은 선수 지도, 인계인수, 교실 정리 등 부푼 꿈으로 새 학년을 시작하는 학생들을 맞이할 준비를 했다. 그런 모습이 무척 고마웠다. 업무나 담임 선생님 등을 며칠 전에 발표하기를 잘했다는 생각이 들었다. 그렇다. 누구나 누가 시켜서 일을 하는 것보다는 스스로 마음에서 우러나 정진과 도야를 할 때 능률적으로 발전하고, 참다운 보람을 느낄 수 있지 않을까!

　　사람은 누구나 건강하고 꿈을 실현하여 인간답게, 행복하게 살기를 원한다. 어떻게 사는 것이 인간답고 행복한 삶일까? 성공해서 행복하게 살려면 반드시 저마다 타고난 적성을 잘 살리며 힘을 길러 희망찬 미래에 오롯하게 대비하여야 한다. 이러한 성공의 밑바탕을 마련하는 가장 중요한 때는 청소년 시기이다. 특히 초등학교 때의 중요성은 아무리 강조해도 지나치지 않을 것이다. 또한,

새 학년 새 학기는 새로운 각오와 결심으로 새로운 출발을 하는 좋은 기회이며, 기본이 바로 선 삶의 기초를 다지는 데 매우 중요하다. 누구나 나쁜 버릇이 있으면 고치고, 좋은 습관과 품성은 생활화하고 내면화하여야 할 것이다. 새로운 학생들과 첫 단추부터 잘 꿰며 힘찬 출발을 위한 준비를 잘 해 준 살가운 교직원들에게 거듭 고마움을 표한다.

페스탈로치의 말처럼 사랑과 봉사는 교육자의 생명이다. 국가 백년대계를 좌우하는 교육은 삼위일체(三位一體)인 교사와 학생 간의 상호작용, 그리고 바람직한 학부모의 지원에 의해 성공할 수 있다. 또한, 교육은 진솔한 사랑의 실천을 통해서만이 성과를 거둘 수 있다. 스승이 학생에게 뜨거운 사랑을 베풀 때 학생들은 감화되어 스승에 대한 존경심이 자발적으로 길러져 진실한 교육이 이루어진다. 교육이란 단지 지식만을 가르치고 배우는 것은 아니며, 가슴이 따뜻하고 진솔한 인간 교육이어야 한다. 새 학년 초부터 '기본이 바로선 일류 충북 학생 만들기'를 충실하게 실천하고, 생활화하면 바람직한 인성도 알찬 학력도 저절로 길러질 수 있을 것이다. 학생들의 진학과 진급을 축하하며 새봄에 새 학년부터 큰 꿈을 갖고 스스로 힘을 기르기에 최선을 다하여 주길 바란다.

– "김진웅 칼럼" 〈충청일보〉, 2011년 3월 4일

바른 말
고운 말

내일의 주인공인 청소년들이 사용하는 언어에 관심을 가져 본 사람은 누구나 그 위험 수위가 심각하다는 것을 느꼈을 것이다. 초등학교 저학년 때부터 욕설을 배우고, 대화의 반 이상에 은어, 욕설과 비속어를 사용하는 우리 학생들을 바른 길로 이끌기 위해 한국교총을 비롯한 교육 공동체가 발 벗고 나섰다. 지난 5월 26일, 서울고등학교에서 교육과학기술부, 충청북도교육청, 한국교원단체총연합회 공동 주관으로 열린 '학생 언어문화 개선 선포식'을 시작으로 한국교총과 교과부, 충북교육청은 공동으로 언어문화 개선을 위한 협력교실 및 협력학교 운영, 가정·학교 교육용 동영상과 매뉴얼 제작, 교사 언어 표준화 자료 및 원격 연수 프로그램 개발, 전국 학교 포스터 배부와 1일 교사 운영, TV와 라디오

공익광고 조성 등의 학생 언어문화 개선 사업을 연중 캠페인 형식으로 펴 나가기로 했다. 이는 무척 고무적이며 획기적인 일이다.

한국교총이 지난해 한글날을 앞두고 전국 유·초·중·고 교원 455명을 대상으로 실시한 설문에서, 교원 10명 중 7명(66.1%)이 학생들 대화의 반 이상 또는 대화 내용이 토씨를 빼놓고는 욕설과 비속어라는 의견에 동의한다는 응답을 했으며, 이러한 학생들의 욕설 문화가 일상화된 원인으로, 인터넷(49.2%), 영화·방송 매체(34.2%), 가정·학교에서의 교육 부족(11.2%) 순으로 분석한 바 있다.

또 한국교육개발원 '학생 생활에서의 욕설 사용 실태 및 순화 대책' 연구(2010년, 전국 초·중·고등학생 1,260명 대상)에 의하면, 욕설을 처음 사용한 시기에 대해, 초등학교 저학년 때(22.1%), 초등학교 고학년 때(58.2%), 중학교 1학년 때(7.9%) 순으로 나타나 학생들의 절대다수가 초등학교 시절에 욕설을 배우거나 시작하는 것으로 나타나 필자에게 또한 경각심을 일깨워 주었다.

학생들의 언어문화가 갈수록 심각해지는 상황에서 학생뿐만 아니라 가정과 사회 구성원 모두가 건전한 언어문화를 생활화할 수 있도록 전 국민 운동으로 확산을 위한 모두의 노력이 절실하다는 것과, 학교의 역할 또한 대단히 크다는 것도 강조하고 싶다.

학생들의 언어 파괴 현상은 심각한 수준으로 학교 폭력 피해

유형에서 큰 비중을 차지하고 있다고 한다. 이를테면 무심코 내뱉은 막말이 폭력을 부르고, 길거리서 서로 눈이 마주치거나 어깨를 부딪쳤을 때 바로 거친 말이나 욕이 나오면서 흉기까지 들게 하고, 급기야 사망에 이르게 할 수도 있는 악순환을 초래하는 것은 너무 가슴 아픈 일이다.

또한, '너무 아름답다.'가 아니라 '정말(무척) 아름답다.' '저희 나라'가 아니라 '우리나라' 등 바른 말을 써야 하고, 고운 말과 더불어 고운 미소도 우리를 행복하게 함을 알아야 한다. 어느 책에서 읽은 '좋은 글'과 법정 스님의 오두막 편지 몇 구절을 "바른 말 고운 말을 쓰자."고 문자 메시지를 보내는 심정으로 들려주고 싶다.

나를 표현하는 말은 나의 내면의 향기이고 거울이다. 칭찬과 용기를 주는 말 한마디에 어떤 이의 인생은 빛나는 햇살이 된다.
화사한 햇살 같은 고운 미소와 진심어린 아름다운 말 한마디는 내 삶을 빛나게 하는 보석이다.

가슴은 존재의 핵심이고 중심이다. 가슴 없이는 아무것도 존재할 수 없다. 생명의 신비인 사람도, 다정한 눈빛도, 정겨운 음성도 가슴에서 싹이 튼다. 가슴은 이렇듯 생명의 중심이다.

– "김진웅 칼럼" 〈충청일보〉, 2011년 10월 27일

학교장과의
간담회

　지난 9월 15일, 흥덕구청 상황실에서 관·학 협력 체계 구축을 위한 흥덕구 초·중학교장과의 뜻깊은 간담회가 있었다. 그날은 27명이 참석하였는데, 초등학교 17개교의 학교장, 흥덕구청장, 각 과장 그리고 흥덕경찰서 관계관 등 모두 27명이 함께한 매우 소중한 자리였다.

　총무 담당의 사회로 참석자 소개에 이어 여주회 흥덕구청장과 오병익 학교장 대표의 인사 말씀 그리고 강사옥 총무과장의 2011 주요 시정 설명으로 이어졌다. 지금까지 학교나 교육청의 PPT 자료 못지않게 자료도 충실하고, 참신하여 더욱 효과적이었다. 행정 기관의 자료도 많은 변화와 발전을 하고 있다는 것을 느꼈다.

　'녹색 수도 청주''삶의 질과 공간의 질이 높은 더 살기 좋은 도시'라는 기치 아래 'SMART! 2011년 주요 시정'에 대한 설명을 듣고,

평소 어렴풋이 알고 있던 청주시정에 대하여 새롭게 알 수 있었다.

청주시의 인구를 60만여 명 정도로만 알았는데 금년 8월말 현재 666,267명, 학교 수는 148개교이고, 학생 수가 171,641명으로 전체 청주시 인구의 26%라는 최근 통계를 알았다. 청주가 교육도시이지만 이처럼 학교 수가 많고, 학생 수가 인구의 4분의 1이 넘는 막중한 비중인 것에 새삼 놀랐다.

지역의 여건과 비전에서 지역 여건이 '지난 세기와 금세기를 합쳐 가장 좋은 기회'라고 한다. 첫 번째 비전은 패러다임(Paradigm)의 변화로 더욱 살기 좋은 도시를 만들기 위해서 경제, 교육, 문화, 여가 등에서 삶의 질을 높이고, 생활 환경과 도시 환경의 공간의 질을 높여 공급 위주의 '양(量)'에서 수요관리의 '질(質)'을 높이자는 것이다. 두 번째는 청주·청원을 통합하여 행정 중심의 세종시, 연구 중심의 대전권과 생태중심 문화도시와 첨단산업도시를 이룩하여 300만 그린 광역권으로 웅비(雄飛)하자는 비전이었다.

또한, '유용지물(有用之物)'을 주제로 필요 없는 것 또는 서로 상관없는 것들이 만나서로 필요한 존재가 되는 통합의 장, 통섭의 미학을 실현하고자 하는 것이다. 통합·통섭의 미학을 실현하는 2011 청주국제공예비엔날레 행사 홍보 및 참여 협조, 어린이 교통안전, 학생 무상 급식 지원, 학교환경위생정화구역 관리, 학교 폭력 근절을 위한 2학기 자진 신고 및 피해 신고 기간 운영 등에 대한 협의가 있어 평소에 구청이나 경찰서에서 학교 교육에 많은 관심과 배려가 있음을 알 수 있었다.

 홍덕경찰서 교통계에서 교통사고 사상자 절반 줄이기를 위한 '교통안전 교육'은 우리의 경각심을 새롭게 해 주었다. 학교 현장에서 매일 꾸준히 지도하여도 걱정이 되는 것이 바로 교통안전이기 때문이다.

 지난 2010년도에 전국에서 발생한 교통사고 사망자가 5,471 명이고(8년간 월남 참전 전사자는 총 4,900여 명이라 함), 충청북도의 270명 중 흥덕경찰서 관내에서만 51명(18.8%)이라고 한다. 앞으로 교통안전 지도에 더욱 노력하여야 하겠다는 충격적인 사실을 알았다. 또한, 음주운전 절대 금지, 뒷좌석까지 안전띠 매기, 특히 야간에 어린이의 밝은 옷 입기 필요성 등을 교직원 연수와 학생들의 지도에 적극 활용하여야 하겠다.

 의견 교환 시간에는 2011 청주국제공예비엔날레, 스쿨존 내 주·정차 단속과 관리 등에 대한 질의에 진지하고, 친절한 답변도 있어 많은 도움이 되었다. 구청에서 정성껏 마련한 오찬을 하면서도 협의를 할 정도로 협력 체계를 돈독하게 하였으며, 더욱 지역 사회와 함께하는 학교가 되도록 하는 뜻깊은 간담회였다. 이 기회에 시정 업무에 매우 바쁜 중에도 이런 소중한 간담회를 마련하여 주신 흥덕구청장님과 여러분께 감사드린다.

--김진웅 칼럼"〈충청일보〉, 2011년 9월 22일

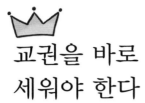

교권을 바로
세워야 한다

　지난 7월 1일, 필자가 본란에 '교육을 바로 세워야 한다.'라는 기고를 한 후 여러분들의 많은 성원과 전화를 받았다. 특히 위기에 처한 교육 환경을 극복하고, 인식을 새롭게 하여 교육을 바로 세워야 한다는 말씀에 희망을 얻었다.

　지난주 초에는 이기용 교육감님도 교권 수호에 대한 단호한 방침을 내렸다. "교사의 숭고한 권위와 명예는 어느 누구로부터도 침해되어서는 안 된다. 교권이 붕괴되면 교육도 무너지기 때문에 충북교육청은 학생을 사랑하고 선생님이 존경받는 교직 풍토를 조성해 나갈 것"이라며, 교권 침해에 대해서는 결코 용납이 있어서는 안 된다고 하였다. 이에 충북교총 신남철 회장도 성명을 통해 "다소 늦은 감이 있지만, 교단의 어려운 현실을 반영한 방침을 적극 지지하며 환영한다."며 "교권 확립은 충북 교육은 물론 이 나라 교육, 나아가 이 나라를 살리는 길"이라 강조했고, 충북삼락회 김영명 회장도 "교권 수호에 적극 동감한다."며 "삼락회도 교권 수호를 위해 적극 협조하겠다."고 했다니 정말 적절한 말씀이기에 박수를 보낸다.

일요일 아침이다. 다른 날 같으면 밖에 나가 활동할 때인데, 지루한 장맛비도 내렸지만 CJB 청주방송에서 '최지현의 피플&이슈'를 시청하기 위하여 7시부터 TV 앞에 앉았다. 지역 인사들의 대담 프로그램이라서 평소에도 관심이 많았는데, 오늘은 특히 이기용 교육감님의 출연이 있다고 해서 메모를 하며 집중하여 시청했다. '취임 1년, 충북 교육계'라는 주제로 최 아나운서와 이 교육감님의 대담이었다. 3선을 거치며 취임 후 거둔 많은 눈부신 성과에 비하면 정말 소탈하고 진솔한 말씀이었다.

기본 학력 신장, 학업성취도 평가의 효과, 인성 지도, 교권 수호, 질서, 인사 및 예절 지도 등에 대하여, 어느 하나 소홀하지 않고 치우치지 않으면서 조화로운 학력과 가슴이 따뜻한 바른 품성을 겸비한 학생들을 기르는 충북 교육의 수장다운 진지한 말씀을 들으며, 교육자의 한 사람으로서 더욱 감명 깊었다. 특히 맺는 말씀에서 "학력 신장이나 전국소년체육대회 등 체육 면에서도 전국 상위권을 차지할 수 있었던 것은 도세도 약하고, 모든 것이 어렵고, 열악한 여건에서 묵묵히 헌신적으로 학생 지도를 하는 교육

가족과, 뜨거운 관심과 사랑으로 늘 성원하여 주는 도민 여러분 덕분"이라는 겸허한 말씀을 듣고 가슴이 뭉클한 감동을 느끼며, 나름대로 정리를 해 보았다.

올해 전국소년체전에서 종합 3위를 2년 연속 달성했고, 학업성취도 평가 2년 연속 전국 최우수교육청 선정 및 2011학년도 대학수능성적 향상도 1위, 사랑의 효도전화 365 운동, 1학교 1노인정 결연 등 특색 있는 인성 교육, 시도교육청 평가 도 단위 2위, 국민권익위원회 선정 청렴도 평가 3년 연속 우수교육청 선정 그리고 전국 최초 무상 급식 등 헤아릴 수 없이 많은 업적이다.

이러한 열정으로 이룩한 금자탑을 더욱 견고히 지키고, 교육의 비약적인 발전을 위해서 교권을 바로 세워야 한다. 결코 교원들이 대우를 받으려는 것이 아니다. 교사의 숭고한 권위와 명예는 어느 누구로부터도 침해되어서는 안 되고, 교권이 붕괴되면 지금까지 쌓아 놓은 충북 교육도 무너질 수 있다. 앞으로 선생님들도 더욱 연찬하며 학생들을 사랑으로 감화시켜야 한다. 이 길이 학생들을 행복하게 하고, 교직원이 보람을 갖게 하며, 학부모와 지역 사회가 만족하는 충북 교육을 실현하는 지름길이자 마지막 보루(堡壘)일 것이다.

– "김진웅 칼럼" 〈충청일보〉, 2011년 7월 15일

스쿨존School Zone에서

    오늘 아침 일찍 집을 나섰다. 조금 늦으면 주차장 같이 복잡하던 도로가 한산하다. 역시 부지런하면 덕을 볼 때도 잦은 것 같다. 가을 햇살에 모두 싱글벙글한다. 높고 푸른 하늘 아래 현관 양쪽에 서서 환하고 큰 얼굴로 웃어 주는 해바라기, 바라만 보아도 시원한 커다란 칸나 잎을 보며 활짝 웃는다. 꿈나무들의 정서에 도움을 주고자 필자가 어렵게 구해다 심은 꽃들이다. 이른 봄부터 땀 흘려 심고 가꾼 보람이 있어 지루한 장맛비와 혹심한 가뭄도 이기고 푸른 잎과 예쁜 꽃을 자랑하는 칸나와 키다리 해바라기가 반겨 주는 아름답고 정겨운 교정이다.

    등교하는 학생들을 맞이하고자 교문 밖으로 나갔다. 스쿨존이 따사롭고 행복하게 보인다. 이른 아침인데도 배움터 지킴이, 녹색어머니회원 두 분, 담당 선생님, 네 명의 교통반 어린이가 노란 깃발을 들고 어린이들을 안전하게 보살피는 덕분이다.

전보다는 많이 좋아지고 있지만 아직도 스쿨존에 주·정차를 하고, 시속 30Km 이하로 차량을 운행하여야 하는데도 안 지키는 차량을 보면 안타깝기 그지없다. 그래도 지난해 충북경찰청장의 배려로 흥덕경찰서에서 학교 후문 부근에 안전봉을 세우고, 아담한 경계울타리를 설치하여 주는 등의 정비를 해 주어 훨씬 개선되었다.

시사용어사전의 표현을 인용하여 보면, 스쿨존은 초등학교 및 유치원 주변 일정한 거리 내의 차량 속도, 신호등, 신호주기, 차량의 주·정차 금지 등 교통 시설과 체계를 어른 중심에서 어린이 중심으로 바꾸는 것을 말한다. 이는 날로 늘어 가는 어린이 교통사고를 미연에 방지하고, 어린이들이 건강하게 학교생활을 할 수 있도록 배려하기 위함이다. 도로교통법 개정에 따라서 학교 주변 반경 500m 이내(2011년부터 300m → 500m로 확대됨)의 도로 중 일정 구간을 보호 구역으로 지정, 안전표지를 설치하여 차량의 통행이 제한되거나 금지된다. 이 구역에서의 도로에는 과속방지용 턱을 설치하고, 차량들은 30km 이내의 속도로 서행해야 하며, 등·하교 시에는 학부모·교직원 이외의 일반 차량은 출입이 통제된다.

지난주 필자의 칼럼(2011. 9. 22)에서도 언급하였듯이 흥덕구청에서 있었던 학교장과의 간담회에서도 스쿨존 내에서 주·정차 단속, CCTV 설치·운영, 일반 범칙금의 2배로 부과 등 단속 강화 등에 대하여 협의가 있었다. 단속이 강화되어 어쩔 수 없이 지키는 것보다 우리 어린이들이 안심하고 등·하교할 수 있도록 보호하여야하는 어른들의 책임이자 의무일 것이다.

본교 정문 앞을 지나는 4차선 도로는 가경터미널로 이어지는 큰길이라 교통량이 매우 많고, 후문 앞의 도로는 주택가라서 도로 양쪽으로 주차된 차량이 많아 항상 안전 문제가 걱정인데, 녹색어머니회와 어린이교통반이 조직되고 효과적으로 운영되어 많은 효과를 얻고 있다. 가입을 희망하는 어머니들이 어린이들에게 올바른 교통 문화를 선도하여 교통사고를 미연에 방지하고 교외 생활의 선도와 보호로 건전한 생활, 즐겁고 명랑한 학교 길이 되게 하고 있다. 가정에서 매우 바쁜 때에 아침 일찍부터 학생들을 보살피는 녹색어머니회원들의 활동 모습을 보면 머리가 숙여진다. 교통반 학생들도 어머니들을 도와 곳곳에서 안전하게 길을 건널 수 있도록 도와주고 있다. 어머니들은 등굣길 안전 지도 외에도 나쁜 사람들로부터 어린이 보호, 바람직한 가정생활 지도 등 많은 역할을 해 주고 있는 훌륭한 안전 지킴이이시다.

학생들도 이분들에게 감사하고 본받으며 더욱 씩씩하고 바르게 자라나 봉사의 보람을 알며, 장차 봉사 활동도 많이 하며 사회에 꼭 필요한 인재가 되라고 희망찬 아침에 스쿨존에서 기원하여 본다.

– "김진웅 칼럼" 〈충청일보〉, 2011년 10월 20일

한마음
큰잔치

　가정의 달 5월을 맞이하여 학교마다 한마음 큰잔치(운동회)를 많이 개최한다. 총동문 체육대회 등도 봇물을 이루고 있다. 필자가 근무하는 학교에서도 지난 5월 6일 성대하게 열렸다. 우리 미래의 주인공인 어린이날과 부모님 은혜를 되새기는 어버이날 그리고 개교 12주년을 기념하는 큰잔치라서 더욱 뜻 깊었다.

　비가 내릴까 걱정하였는데 구름도 알맞게 드리워져 운동하기에 아주 알맞은 날씨였고, 날로 푸르러지는 교정(校庭)의 나무들과 펄럭이는 만국기 아래 830여 명의 어린이들은 씩씩하고 늠름하게 큰잔치에 참가하였다. 바쁜 중에도 귀한 시간을 내서 오신 손님과 운동장이 좁을 정도로 많이 참석하여 주신 학부모와 50여 명의 교육실습생이 함께 성원하여 주고, 축하하여 주니 어린이들은 더욱 신바람이 났다.

개회식에 이어, 귀염둥이 1·2학년의 무용을 시작으로 각 학년 단체경기와 달리기 등 개인경기가 펼쳐질 때마다 응원의 함성과 신나고 발랄한 어린이들의 환호성이 울려 퍼졌다. 인근 아파트나 마을에 좀 시끄러울 법하지만 잘 참아 주시는 주민들께도 감사하다. 경기마다 몰입하여 즐겁고 신나게 참여하는 어린이들을 보며, 최근 어느 설문 조사에서 가장 받고 싶은 선물이 학원수강증이 아닌 학원휴강증이라는 말을 실감할 것 같다. 어린이헌장처럼 마음껏 놀고 공부하며, 공부나 일이 몸이나 마음에 짐이 되지 않아야 한다. 또 그들의 몸과 마음을 귀히 여겨 옳고, 아름답고, 씩씩하게 자라도록 힘써야 하는데 현실은 그렇지 못할 때가 많으니 안타깝기만 하다.

웃어른 공경 교육을 위하여 노인 경기를 준비하였다. 많은 분들이 흔쾌히 참여하여 주셨다. 질서도 잘 지키면서 노익장을 과시하며 경기하는 모습은 어린이들에게 많은 가르침을 주기에 충분하였다.

특히 학부모 줄다리기는 대단한 장관이었다. 다른 학교에 비하여 운동장이 너무 좁은 편이라, 운동장 양쪽 끝까지 닿을 정도라서 조금이라도 좁히려 했지만 여의치 않았다. 예상보다 많은 분들이 적극적으로 스스로 경기에 참여하여 질서도 잘 지켜 주어 어린이들에게 귀감이 되었다. 수백 명이 하는 경기이고, 운동장 양끝까지 닿아 위험하지는 않을까 하는 걱정에 조마조마하였다. 그것도 3차까지 가서야 승부가 날 정도로 팽팽하여 박진감이 넘쳤다. 모두 상품을 줄 예정이었는데 예상보다 많이 참가하여 승리한 팀만 주게 되어 아쉬웠다. 이처럼 단합된 힘으로 교육을 성원하여 줄 것이라는 생각을 하니, 어깨가 더욱 무거워졌지만 자신감과 힘이 솟는 듯하였다.

고전무용을 하기는 여러 가지 어려운 점이 있어서 4, 5학년의 꼭두각시 경기로 예스러운 내용을 넣어 진행했는데 더욱 분위기가 고조되었다. 그 무렵 마침 방문하여 주신 우리 학구가 지역구인 노영민 국회의원 일행이 많은 칭찬을 하여 주었다. 경기를 마치고 사탕으로 만든 목걸이를 학교장과 손님들에게 걸어 주는 기지(機智)도 돋보였다.

폐회식 직전에 교육실습생 활동 모습을 보기 위하여 청주교육대학교 김수환 총장과 담당 교수도 참가하여 자리를 빛내 주었다. 이에 교생 선생님들도 사기가 진작되고 용기백배하는 듯했다.

그날 경덕 한마음 큰잔치는 호연지기(浩然之氣)를 길러 주기에 무척 알차고, 성대하였다고 이구동성으로 말한다. 이 기회에 우리 꿈나무들에게 큰 박수를 보내며 본교 학교운영위원, 임원을 비롯한 학부모, 방문하여 주신 교장 선생님, 내빈 여러분께 깊이 감사드린다.

－ "김진웅 칼럼" 〈충청일보〉, 2011년 5월 13일

안전하고
다多 행복한 학교

　충북 교육의 특색인 '多 행복한 학교'와 '사랑과 존중을 실천하는 인성 교육'이 창의적이고 충실하게 운영되도록 적극 노력하고 있다. 안전하고 多 행복한 학교가 되기 위한 주요 과제 중 하나가 교통안전이다. 우선 학교 주변 도로를 꼬리를 물고 달리는 차량들 중에는 '스쿨존'이지만 규정 속도를 잘 지키지 않는 차량들도 있어, 여러 가지 위험이 도사리고 있다.

　협의를 거듭한 끝에, 어린이 보호와 안전을 위하여 교육 활동 관련이 아닌 차량 통행을 자제하는 안내문을 게시하고, 가정 통신문과 학교 홈페이지 등을 통해서도 홍보하고, 후문 통행을 개선하였다. 처음에는 온갖 난관에 부딪쳤지만 우여곡절 끝에 지금은 어느 정도 정착되고 있어 여간 다행한 일이 아니다.

안전에 관련하여 필자의 칼럼에도 여러 차례 게재하고, 경찰관들과 방법을 모색한 결과, 유관 기관의 지원을 받아 후문 사거리에 막대한 금액이 소요되는 CCTV를 설치하였다. 또한, 출입로 양쪽으로 불법 주차를 막기 위해서 후문 한쪽에 안전봉을 세우고, 차선을 선명하게 도색하고, 차도와 인도를 구분하는 알루미늄 펜스를 설치하고 나니 안전과 보호에 큰 효과가 있어, 한꺼번에 피로가 사라지고 큰일을 했다는 보람과 긍지를 느꼈다.

학교장도 아침 일찍 출근하여 8시 무렵부터 배움터 지킴이, 녹색어머니회원, 지도 선생님, 교통반 어린이들과 함께 교통안전 지도에 동참하곤 한다.

얼마 전, 여느 때 아침처럼 교통 지도를 하는 것을 둘러보러 나갔더니 경찰관들이 교통안전 지도를 하고 있었다. 특히 흥덕경찰서 서장님께서 직접 나와 계셔서 무척 감사했다. 이처럼 경찰서에서 올바른 교통 문화를 선도하여 교통사고를 미연에 방지하고 교외 생활 지도까지 해 주니 학교에서도 힘이 나고, 특히 多 행복한 학교와 안전한 학교가 되는 데 큰 힘이 되고 있다. 지난주에 우리 학교 전교생이 현장 체험 학습을 갈 때도 흥덕경찰서에서 이른 아침부터 경찰관들이 나와 교통정리를 하고, 출발 전에 관광버스 기사의 음주 측정까지 해 주어 학부모를 비롯해 모든 사람들을 안심하게 하는 감동을 주었다.

또한, 며칠 전에도 교통안전 지도 상황을 둘러보고 있는데, 어떤 사람이 진로아파트 쪽 네거리 부근에서 메모를 하며 사진을 찍고 있기에 알아보니 충북지방경찰청 직원이었고, 교통안전 시설을 보완하기 위해 현장에서 점검하고 파악하는 것이라고 하기에 무척 감사했다.

정문에서 등교하는 어린이들을 맞이하여 보니, 처음에는 계면쩍기도 하고 바쁜 아침이라 어려움과 갈등도 있었지만 학생들이 환하게 웃으며 "사랑합니다." 인사를 하며 반가워하는 모습을 보면 힘이 났다. 관심을 가져 보니 내일의 꿈나무들의 씩씩한 모습에 기뻤지만, 책가방과 신발주머니도 무거워 보이고, 가끔이지만 아프거나 다친 학생을 보면 안타깝기도 하였다. 등교하는 모습이 참으로 다양하고, 나의 따뜻한 손길과 애정이 필요하다는 것도 알았다. 내가 일찍 출근하여 좀 힘이 들고 바쁘더라도 학교장으로서 학생들이 즐겁고 알찬 생활을 하는 데 많은 도움이 될 것이라는 기대도 하여 보았다. 필자가 취득한 초등상담교사 자격증도 적극 활용하여 효과적으로 지도하여야 하겠다.

안전시설을 하여 준 경찰관들과 주차난에도 적극 협조하여 준 인근 주민들 그리고 바쁜 중에도 아침 일찍 나와 수고하시는 녹색어머니를 비롯한 안전 지도에 적극 참여하여 안전 지도를 하는 모든 분들에게 이 기회에 깊은 감사를 드린다.

- "김진웅 칼럼" 〈충청일보〉, 2012년 4월 27일

찔레꽃을
보며

이른 봄, 눈 속에서 성급히 피는 동백꽃을 시작으로 갖가지 봄 꽃들이 만발하는 대자연의 섭리가 참으로 경이롭다. 얼마 전 아카시아꽃이 흐드러지게 피었다 지더니 요즈음은 담장의 장미가 발길을 멈추게 한다.

영국의 시인 엘리엇(T.S.Eliot)의 말처럼 잔인한 4월을 보내고 삼라만상이 살아 움직이는 5월의 향연이다. 온갖 봄꽃들과 온 누리의 산천초목들이 살아 움직이며 나날이 싱그럽다.

5월은 가정의 달이며 청소년의 달이고, 매년 5월 넷째 주는 우리나라의 제의로 2011년 11월 제36차 유네스코 총회에서 만장일치로 채택된 '세계 문화예술교육주간'이 있는 교육의 달이기도 하다.

오늘 아침에도 꿈나무들이 등교하는 모습을 살펴보며, 교통안전 지도에 동참하여 본다. 요즈음 이른 아침부터 경찰관들도 함께 안전 지도를 해 주어 더욱 든든하고 고맙다.

우리 학교 울타리에도 온통 빨간 장미로 가득하다. 어떤 저학년 어린이가 "야! 하얀 장미꽃이다."한다. 찔레꽃을 잘 모르니 장미인 줄 안다. 하얀 찔레꽃이 장미꽃 틈에 겨우 한두 그루가 피어 있다. 전에도 울타리에 찔레꽃이 있는 줄 알았지만, 어린이들이 좋아하는 것을 보니 무척 기쁘다. 개교 무렵 장미 울타리를 조성할 때, 찔레나무도 섞인 것 같다. 그 당시 찔레를 더 많이 심었으면 하는 욕심도 든다.

며칠 전에도 산책을 나갔을 때, 우암산 기슭에 수줍은 듯 미소를 띠고 있는 찔레꽃을 보고 자세히 살펴본 일이 있다. 꽃잎은 끝부분이 약간 움푹하며 5장이고, 수술은 세기 어려울 만큼 많고, 암술은 1개이고, 꽃밥은 노란색이다. 사람을 끄는 향기와 청순함이 돋보이고, 벚꽃처럼 요란하지 않으며 어떤 꽃처럼 요염하게 유혹하지도 않는다. 아무리 보아도 싫증나지 않고 자꾸만 마음이 끌리는 것은 백의민족인 한겨레를 많이도 닮아서 그럴 것이다. 가시가 있어도 다른 나무의 가시와 달리 앙탈을 부리지 않고, 검소하고 소박해야 한다는 무언의 교훈을 준다. 꽃잎 낱장을 자세히 보니 사랑을 상징하는 하트(heart) 모양이라는 것을 필자가 처음 발견한 것 같아 희열감에 탄성도 나온다. 그러기에 꽃말도 '당신을 노래합니다.'인가 보다.

어렸을 때 찔레순을 마치 간식처럼 꺾어 먹곤 했다. 지금 학생들에게 이야기하면 믿지 않을 것이다. 그 무렵에는 맛나게도 먹었는데, 지금은 그저 가난했던 시절의 추억 중 하나이다. 찔레 덩굴에서 돋은 것보다는 땅 속 뿌리에서 죽순처럼 솟아난 것이 더 좋았다. 뒤늦게 알았지만, 찔레는 어린이의 성장 발육 등에 도움이 되고, 우리 건강에 많은 도움을 주는 유익한 약재가 된다고 한다. 더욱이 열매는 산짐승이나 새들에게 소중한 겨울 먹이가 되기도 한다. 대수롭지 않은 찔레꽃도 생각하기에 따라서는 매우 소중한 자원이고, 유산이기에 이에 연유된 시나 노래도 많은 것이리라. "가장 한국적인 것이 가장 세계적인 것"이란 말도 있지 않는가!

찔레꽃 필 무렵은 배고픈 계절이었다. 부족하기만 했던 쌀은 고사하고, 보리쌀도 귀했다. 햇보리는 이삭만 보여 주고 여물 생각조차 안 하니 야속하고 힘겨운 태산보다 높은 보릿고개였다.

자라나는 학생들에게 강조하고 싶다. 덤불 같은 척박한 곳에서도 잘 자라는 찔레에게 끈기와 강인함을 배우자고. 우리가 이만큼 잘사는 것도 결코 저절로 된 것이 아니니, 피땀 흘려 부지런히 일한 어른들께 감사드리며, 부지런하고 순박하게 생활하며 튼튼하고 바르게 자라나라고.

– "김진웅 칼럼" 〈충청일보〉, 2012년 5월 25일

우측통행

요즈음 광저우아시안게임에서 일본을 여유 있게 제치고 종합 2위를 굳힐 정도로 최선을 다하는 선수들에게 박수를 보낸다. 경기장에서나 사람들이 많이 모이는 곳, 그리고 일상생활 속에서도 규칙과 질서가 필요하다는 것을 누구나 공감하고 있다. 어저께도 큰 규모의 예식장에서 2, 3층을 통행할 때 계단에서 여러 사람과 부딪칠 뻔했고, 청주에서 가장 번화한 거리인 성안길과 지하상가를 지날 때에도 매우 복잡해서 '우측통행'에 대하여 거듭 생각하게 되었다.

우측통행은 지난 2009년 4월 29일 경찰청과 행정안전부, 국토해양부가 참석한 가운데 국가경쟁력강화위원회에서 '기초법질서 확립을 위한 교통운영체계 선진화 방안'중 현행 좌측통행 보행 문화를 우측통행 원칙으로 전환하는 보행 문화 개선 방안을 발표하고, 지금까지 홍보를 위해 힘쓰고 있다.

본교에서도 우측통행을 실천하고자 교내 계단의 오른쪽에 화살표를 부착하는 등 환경과 시설을 정비하고, 선생님들의 지도가 이루어졌다. 그동안 몸에 배었던 좌측통행을 우측통행으로 바꾸려니 교직원도 학생들도 혼란스럽다는 반응이 있었지만, 우측통행의 이유와 그 효과에 대해 지도하니 점점 적응해 가고 있다.

박근식 교감 선생님이 앞장서서, 교내 우측통행은 물론 도로에서 횡단보도를 건널 때도 우측으로 가야하는 이유를 교통안전 자료와 우측보행 체험 교육을 통해 지도하고 있다. 횡단보도, 차 사이, 좁은 골목 등에서 일어날 수 있는 위험 상황을 실제로 접해 보고, 이에 대처할 수 있는 방법을 체험을 통해 지도하여 안전한 보행을 할 수 있도록 하고 있다.

좌측통행은 일제 강점기인 1921년 조선총독부에 의해 규정되었다고 하니 오랜 기간 몸에 배게 된 것이다. 우리말을 오염시키는 일본말 잔재만 있는 것이 아니라 보행 문화에도 일제 잔재라니…….

국토해양부 블로그(blog) 홍보 자료를 보면 우측통행의 필요성이 잘 나타나 있다.

우측보행은 빠르고, 편안하고, 안전하다. 또한, 미국, 프랑스 등 대부분의 세계 여러 나라에서도 우측보행을 하고 있다고 한다.

보행 시 짐, 우산 등을 드는 경우 오른 손 사용이 77%이라서 좌측통행 시엔 충돌이 더 많이 발생되고, 회전문도 우측으로 출입하게 설치되어 좌측통행 시 보행자간 충돌이 많이 된다. 우측보행이 정착되면 차량과 보행자 간 대면통행으로 인해 교통사고가 감소하고, 심리적 부담이 감소하며 보행 속도도 약 1.2배 정도 증가한다는 연구 결과도 있다. 또 현재 공항이나 지하철역 출입문, 횡단보도 등 많은 시설물이 우측통행에 맞게 설치되어 있어 우측통행으로 개선해야 할 타당성을 높여 주고 있다.

보행 문화 개선에 따라 우측보행 원칙이 정착되면, 보행자 교통사고 감소(20%), 심리적 부담 감소(13~18%), 보행 속도 증가(1.2~1.7배), 충돌 횟수 감소(7~24%), 보행 밀도 감소(19~58%) 등 긍정적 효과로 안전하고 쾌적한 보행 환경이 조성될 것이라고 한다. 주의할 점은 인도가 없는 차도에서는 자동차와 마주 보고 걸어야 보다 안전하게 보행할 수 있다니 때와 장소에 알맞은 보행을 하여야 하겠다.

아직은 좌측통행과 우측통행이 병행되어 혼란스럽지만, 앞으로 학생들뿐만 아니라 시민들도 통행로와 예식장 같은 공공시설에서나 우측통행이 정착되어 빠르고, 편안하고, 안전한 보행 문화가 정착되기를 기대하여 본다.

– "김진웅 칼럼" 〈충청일보〉, 2010년 11월 24일

꽃재 작품
전시회

요즘 아주 좋은 가을 날씨에 모두 살갑고, 행복해 보인다. 하늘은 마냥 높고, 들녘엔 온갖 곡식들이 황금물결을 이루어 풍요롭고, 그야말로 천고마비(天高馬肥)이고, 등화가친(燈火可親)의 계절이다.

지난주 이런 좋은 날 우리 학교에서는 뜻 깊은 행사를 펼쳤다. 바로 '꽃재 작품 전시회'와 '알뜰 바자회'를 개최한 것이다. 본교와 연이어져 있는 꽃재공원과 연관지어서 작품 전시회도 그렇게 부른다. 다목적 교실이 없는 관계로 많은 학교에서 개최되는 학습발표회를 열기가 어려운 실정이어서 작품 전시회만 열었다. 개회식 때 학교장 인사말에 앞서 각종 교내·외 대회의 시상을 하였는데, 상(賞)도 어린이들이 틈틈이 갈고 닦은 학력과 특기를 발휘한 값진 열매이니 작품 전시회와 잘 어울렸다. 그날 시상도 매우 다양하고, 풍성하였다. 친한 친구 주간 대회, 독서 교실, 유네스코 한일 학생미술작품교류전시회 대상, 교육장기 육상 대회, 사이버 가정 학습 우수 학급, 전국학생 세금문예작품 공모전, 교육감기 도내 어린이 백일장, 충북문화원연합회 그리기·글짓기 입상 등의 각종 상장과 상품을 주고 칭찬하여 주었다.

현관 안쪽에는 학부모 작품과 방과후학교 학습 결과물을 전시하였다. 바쁜 생활 속에도 서예, 그림, 수예, 만들기 등 정성 어린 작품을 보내 주신 학부모님과 평소 열정으로 성실히 지도하여 준 방과후학교 강사님께도 이 기회에 감사드리고 싶다.

"알차게 영그는 곡식처럼 더 큰 꿈을 키우는 저희들이 결실의 계절을 맞아 씩씩하게 자란 저희 모습을 부모님과 내빈께 선보이며……."

반용환 전교 어린이 회장의 모시는 글처럼 아직은 서툰 점이 있지만, 부족하기에 더 소중한 꽃재 작품 전시회라고 생각된다.

넓은 교정에 학년별로 전시를 하고 보니 무척 우람하고, 알찬 작품들이었다. 전시된 작품들은 그리기, 서예, 만들기, 시화, 수예, 종이접기, 방과후학교 작품, 학부모 작품, 기타 작품들이 2,350여 점으로 대풍(大豐)이었다. 모든 작품이 우수했지만, 그 중에서 합동 작품들이 돋보였다. 6학년은 우유 급식 후 폐품을 활용하여 1.8m 정도의 높이로 첨성대 모형을 만들었는데, 개인 사진과 장래희망을 기재하여 꿈과 포부를 엿볼 수 있었으며, 5학년은 대형 용(龍)을 제작하여 잔디밭에 설치하였는데 마치 살아 있는 곰살궂은 용 같은 느낌을 주어 축제 분위기를 고조시켰다. 또 4학년은 길이 4m, 폭 2m나 되는 한반도 지도에 200여 송이의 무궁화를 그려 '한라에서 백두까지'를 표현하여 현관 옆에 붙였는데 나라를 사랑하는 마음과 통일의 염원을 애틋하게 담았다.

바쁘신 중에도 찾아 주신 교장 선생님들, 학부모님들, 교육실습생들이 "수준이 높고, 정성이 듬뿍 담긴 작품이며 교정 전체가 꽉 찰 만큼 작품이 많아 풍요롭고, 웅장하였다."고 이구동성으로 말씀하셔서 학생들은 더욱 신바람이 났다.

함께 펼쳐진 도서, 옷, 먹거리 등의 알뜰 바자회도 덜퍽지게 잘 차려졌다. 학생들은 도서, 김밥, 떡볶이, 어묵 등을, 어른들은 멸치, 차(茶), 빈대떡 등을 많이 이용하였다. 이 알뜰 바자회 운영을 통해서 근검절약하는 태도와 물건의 소중함을 일깨워 준 것이 큰 수확이었고, 수익금은 장학금과 발전 기금으로 사용할 계획이다.

온 정성과 땀으로 작품 전시회와 바자회를 준비하고 운영하느라 수고하신 정현주 학부모 회장님과 회원님들, 그리고 학생들을 지도하고 적극 지원을 한 교직원들에게 감사드리며, 꽃재 작품 전시회와 알뜰 바자회의 풍작과 수확의 기쁨을 모든 분들과 함께하고자 한다.

"김진웅 칼럼" 〈충청일보〉, 2010년 10월 20일

초등학교
방범 진단

지난 6월 하순까지 전국 초등학교 및 학교 주변에 대해 지자체·교육청·NGO 등이 합동으로 일제 방범 진단을 실시하여 아동안전지킴이집 등 교내·외 안전망 구축 상황을 점검하고 보완하였다. 우리 학교도 흥덕경찰서 강서지구대에서 방문하여 치밀하게 점검하며 서로 정보를 나누고 협의하는 과정 중 보완할 점도 많았다. 방범 진단의 성과는 무엇보다 '설마'하는 안일함에서 벗어나 경각심을 높일 수 있었고, 순찰 강화와 CCTV 증설에 의견을 모았다.

이처럼 경찰 당국과 교육 당국 등 관련 기관이 총력을 기울이고 있는데도, 악몽 같았던 김수철 사건이 일어난 지 20일도 지나지 않아 서울에서 유사한 사건이 일어났다. 대낮 골목에서 놀던

여아를 아이의 집으로 데려가 성범죄를 저질렀고, 대구에서는 가정집에 침입하여 혼자 집을 보고 있던 어린이를 성폭행했다고 하니……. 정부와 경찰의 갖가지 범죄 예방 대책을 비웃기라도 하듯 전국에서 잇따라 일어나는 성범죄에 온 국민과 교육 가족이 불안해하고 있다. 교육자의 한 사람으로서 걱정이 앞서고 안타깝기 짝이 없지만, 아직도 학교 현장의 안전망은 열악하고 보완할 점이 많다.

대부분의 학교에서 학교 개방을 하다 보니 외부인의 통제에 무방비라고 해도 과언이 아니다. 특히 본교는 밤낮으로 학교 안에 주차를 하는 주민들 때문에 너무 위험할뿐더러 외래자 단속에 어려움이 많다. 최소한 교육 활동으로 어린이들 통행이 많은 낮에라도 주차 금지를 해야 하겠다. 요즈음에는 방문객은 행정실에 들러 확인을 거쳐 방문증을 패용하고 용무를 보도록 하고 있으나, 만약 우범자라면 정식 절차를 밟고 출입하는 것을 기대하기 어렵지 않은가! 교직원이나 배움터 지킴이 등이 볼 때도 학부모라고 생각하고 경계를 게을리 할 수도 있다. 더구나 일찍 등교하는 학생, 방과후학교, 재량휴업일, 방학 등 안전 사각지대 및 취약 시간대가 많다. 어려운 사정이지만 낮에도 실시간 CCTV의 모니터링을 하고, 배움터 지킴이 등의 순찰 활동에 적극 노력하고 있다. 본교도 병설 유치원을 포함하여 32학급이나 되다 보니 항상 걱정이 되고, 순회를 자주 하며 예방에 최선을 다하고 있다.

며칠 전에도 점심시간에 학교 뒤 꽃재공원을 순회하니 어느 아주머니가 어린이를 붙잡고 있어 필자가 확인을 하니 되레 의심을 받은 웃지 못하는 황당한 일도 있었다. 어린이도 엄마도 나를 모르니 경계하는 듯했다. 알고 보니 그날 전학 온 학생이었다. 이처럼 서로 믿지 못하고 경계해야 하는 오늘날 학교 현실이 우리 모두의 가슴을 아프게 한다.

　충격적인 사건이 터질 때마다 서로 책임을 전가하며 '네 탓'을 하고 있다. 대책이 필요하다고 입을 모으고 있지만 그 때 뿐인 것 같다. 야단법석을 떨고, 시끌벅적하다가도 시간이 좀 지나면 흐지부지되고 있다. 이런 부끄러운 냄비근성은 시급히 근절되어야 한다. 김수철 사건 등 꼬리를 물고 일어나는 성범죄를 예방하기 위한 전국적인 초등학교 방범 진단을 계기로 지금부터라도 학생들을 제대로 보호하여야 하겠다.

　우선 정부나 교육청 차원에서 관련 법령 등을 정비하여 큰 틀에서 보호가 이루어지는 가운데, 학교 안 주차장 등 학교 시설 개방을 제한하는 강력한 조치가 절실하다. 이러한 보호 속에 모두가 내 아들·딸이라는 마음가짐으로 서로 관심을 갖고 지켜 주어 엄마 품 같은 포근하고, 안전한 교육 환경과 사회 환경을 조성하여 빈번하게 일어나고 있는 부끄러운 어린이 성범죄와 안전사고를 예방·근절하여야 하겠다.

- "김진웅 칼럼" 〈충청일보〉, 2011년 7월 7일

지금 여기에서

지금 이 순간이 생애 단 한 번의 시간이며 /
지금 이 만남은 생애 단 한 번의 인연이다. /
일기일회(一期一會)는 살아 있는 사람들에게 주는 /
가장 귀중한 시간이다. – 법정 스님

마음을 비우면 이렇게 편안하고 행복한 것을! 행복을 먼 곳에서
찾으려 말고, 지금 여기에서! 생활 속에서, 즐기면서 찾자.

깨어 있는
마음

어느덧 또 한 해를 되돌아보고 마무리하는 12월이다. 최근 어느 중앙지(中央紙)에 '낙오 학생 없는 충북 교육의 힘' '보통 이상 학력 1위' 등의 기사를 읽고 뜨거운 박수를 보낸다. 매년 이어지는 충북 교육의 위업(偉業)이고 쾌거이다.

개인적으로도 '어떻게 사는 것이 현명한 삶인가?'를 화두(話頭)로 삼아도 난해한데, '삶을 바꿀 수 있는 힘, 내 안에 있다'라는 틱낫한 스님의 〈힘〉을 읽고 많은 감명을 받았다. "삶이란 지금 이 순간, 즉 현재라는 찰나의 시간 속에만 존재한다."는 교훈도 값지다.

법정 스님의 말씀과도 같은 교훈 같아 되새겨 본다.

지금 이 순간이 생애 단 한 번의 시간이며 / 지금 이 만남은 생애 단 한 번의 인연이다. / 일기일회(一期一會)는 살아 있는 사람들에게 주는 / 가장 귀중한 시간이다.

마음이 현재에 머물 수 있도록 붙잡아 주는 수행을 정념(正念)이라고 한다. '念'을 풀어 보면, 현재를 뜻하는 '今'과 마음을 뜻하는 '心'으로 이루어져 있는 것도 의미 깊다. 정념은 영어로는 'mindfulness' 즉 '깨어 있는 마음'이다. 잠들지 않은 마음, 멀리 달아나지 않는 마음이어야 지금 이 순간 나와 내 주변에서 일어나는 일을 제대로 보고 바르게 받아들일 수 있다. 깨어 있는 마음은 우리의 삶을 만날 수 있게 하는 힘인 동시에 지금 이곳으로 되돌아오게 해 주는 힘이고, 온유한 힘과 행복한 삶을 준다. 이렇듯 매 순간 깨어 있는 마음으로 아름다운 삶을 살아가려면 지금 이 순간을 살아야 한다는 것이다.

마음을 현재에 두라는 말은 과거를 성찰하고 미래를 계획하지 말라는 것이 아니고, 과거나 미래에서 헤매지 말라는 뜻이다. 깨어 있는 마음은 주변에서 일어나고 있는 일과 나를 100% 함께 할 수 있게 해주는 힘으로 나를 매 순간 온전히 살아 있게 해 주며 자신을 변화시켜 나와 가족, 동료, 기업, 사회를 치유하고 조화롭게 하는 원동력이 된다. 깨어 있는 마음(mindfulness)은,

첫째, 자신을 이해할 수 있게 해 준다. 본연의 모습으로 돌아가 자신의 현재 상황을 깊이 들여다보게 해주며 수행을 하면 변화되고, 치유된다.

둘째, 자신의 가족을 깊이 볼 수 있게 해 준다. 가족의 고통을 인지하고 이해하여 마음으로 받아들일 수 있게 도와주고, 변화와

치유의 길도 찾는다.

셋째, 자신에게 주변 상황을 제대로 이해할 수 있는 통찰력을 준다. 깨어 있는 마음의 힘과 깊이 볼 수 있는 역량이 있을 때 변화와 치유해 줄 통찰력이 생긴다.

깨어 있는 마음의 힘은 지금 여기에 있는 것들을 인식하게 해주는 힘이다. 지금 여기에 머물지 않는다면 자신을 사랑할 수도, 남을 사랑할 수도 없다.

실개천이 모여 바다를 이루는 것처럼 일상생활 속에서 작은 깨달음이 모여 큰 깨달음이 된다. 참되고, 올바르고, 참신하게 생활하며 지금 이 순간을 즐기면서 충실하고, 건강하고, 행복하고, 항상 웃으며 신바람이 나는 삶을 살아가고 싶다.

– "김진웅 칼럼" 〈충청일보〉, 2012년 12월 7일

갈등葛藤

　오늘도 저녁 식사 후 산책 겸 운동을 가려고 현관문을 여니 하늘에 먹구름이 잔뜩 끼어 있고, 금방이라도 비가 쏟아질 것 같았다.

　'소나기도 올 것 같은데 오늘은 운동을 가지 말자.'

　'아니야, 오늘 안 가면 다음에 또 가기 싫어지고 게으른 습관이 생긴다.'

　'혹시 소나기를 만날지도 모르니 우산을 가져가자. 아니다. 천둥, 번개도 칠 줄 모르니 오늘은 가지 말자.'

　또 내 마음속에서 싸우고 있었다. 결국 몇 발자국 가다 되돌아와 책상 앞에 앉았다.

　'이 기회에 읽던 책이나 보자.' '아니야, 모처럼 재미있는 영화나 보자.'

마음속에서 거듭 싸운다. 야속하다. 이래서 갈등(葛藤)이라는 말이 있는 것 같다. 갈등이란? 어렴풋이는 알겠는데 명확한 뜻을 알고자 국어사전을 찾아본다. 사전도 인터넷으로 볼까? 책꽂이에 꽂혀 있는 사전으로 볼까? 또 싸운다. 결국 인터넷이 이겼다. 책꽂이를 보니 계면쩍다. '칡과 등나무가 서로 얽히는 것과 같이, 개인이나 집단 사이에 목표나 이해관계가 달라 서로 적대시하거나 불화를 일으키는 상태'이고 같은 말로 '갈등상태'란다. 또 '갈등상태'를 찾아보니 '두 가지 이상의 상반되는 요구나 욕구, 기회 또는 목표에 직면하였을 때, 선택을 하지 못하고 망설이는 상태'라고 씌어 있다.

오늘 저녁 사소한 일 같지만, 이것도 갈등상태임이 틀림없다. 갈등은 사람과 사람 사이 뿐 아니라 자신의 처한 환경과의 대립 속에서도 일어나고, 또한 자신의 내면에서도 무수한 갈등을 겪는다고 한다. 나 자신과도 그러한데 하물며 상대방이나 집단 사이의 갈등은 다양하고 난해할 수도 있겠다는 생각이 든다. 그리고 '칡과 등나무가 서로 얽힌다?' 무슨 유래일까?

갈(葛)은 '칡 갈'자이며 등(藤)은 '등나무 등'자로, 칡은 다른 식물을 왼쪽으로 꼬면서 감싸 올라가고, 등나무는 오른쪽으로 감싸면서 올라가기 때문에 한 식물에 칡과 등나무가 함께 자라게 되면 서로 다른 방향으로 올라가면서 뒤엉키게 되어서 서로 풀기가 어려운 상황이 되어 버리고, 심하면 둘 다 자라지 못하고 고사(枯死)하는 것에서 '갈등'이란 말이 나왔다고 한다. 한낱 식물의 세계도 그러한데 사람들의 세상은 오죽하겠나. 그래서 법구경(法句經)에도 '애욕은 칡이나 등 넝쿨처럼 얽힌다.(愛結如葛藤)'라 했나 보다.

융 분석가이자 저명한 심리학자인 로버트 A. 존슨도, 〈당신의 그림자가 울고 있다〉란 저서에서,

"내가 하는 일은 시소의 오른편에, 내 마음은 시소의 왼편에 있다. 오른편의 삶은 사회적으로 드러난 외면의 삶이다. 왼편의 삶은 내 마음속에서 진행되는 이면의 삶이다."라고 했다.

그렇다. 남들이 보는 나의 인생 드라마는 오른편의 것이지만, 내 마음속에서는 남들이 보지 못하는 또 한 편의 드라마가 상영 중인 것 같다. 이 두 개의 드라마가 매일 시소게임을 한다. 일이 즐거우면 시소는 경쾌하게 움직이고 흥미진진하지만, 즐겁지 않으면 시소는 무겁게 움직이고 삐걱거린다.

이제 이 시소게임을 잘 해야 한다. 오른편 삶의 무게를 줄이고 솎아 내고, 왼편의 욕심을 조금이라도 내려놓으면 욕심이 줄어들어 즐거워지고 좌우의 균형이 맞게 되어, 눈만 뜨면 전개되는 갖가지 갈등 상황도 지혜롭게 다스려지지 않을까!

나의 갈등부터 다스리며 타인, 사회, 지역, 이념 나아가 남북한의 갈등까지 풀 수 있다면 얼마나 좋을까!

– "김진웅 칼럼" 〈충청일보〉, 2011년 8월 19일

산막이옛길

오셔유! 즐겨유! 올해 2010년 '대충청방문의 해'이다. 어느덧 경인년도 이달이면 막을 내린다. 말로만 듣던 '산막이옛길'을 며칠 전에야 우리 교직원들과 다녀오는 소중한 기회가 있었다.

괴산군 칠성면 외사리 사오랑 마을에서 산막이 마을까지의 약 3.1km로 왕복 6km 남짓이며 소요 시간은 2시간 정도였다. 괴산군에서 옛길을 복원하여 산책로로 꾸며놓았는데, 괴산댐 호수와 어우러져 다듬어 놓은 이 길은 산과 물, 숲이 어우러지는 아름다움은 요산요수(樂山樂水)를 일깨워 주는 전국적인 새로운 명소라고 한다.

수풀 내음 싱그러운 산바람과 산들거리며 불어오는 강바람이 마냥 정겹고, 걷는 동안 자연과 동화되는 나를 발견할 수 있었다.

주차장은 괴산군 칠성면 사은리 546-1인 사유지였다. 요즈음 대학교나 행정기관 그리고 인술을 편다는 병원까지도 유료인 곳이 많은 각박한 세태에, 무료 주차장만 보아도 산막이의 후덕한 정을 느끼게 하였다.

옛날에 사오랑 서당이 여름철 야외 학습장으로 이용하였다는 고인돌 쉼터, 신기하게도 뿌리가 서로 다른 나무의 가지가 한 나무처럼 합쳐져 사랑을 상징하는 연리지 앞에 새로 쓴 듯한 묘지가 상상의 나래를 펼치게 하였다. 괴산호 푸른 물과 벗하는 산책로의 시원한 바람에 묻어오는 솔향기가 우리 일행을 반겨 주었고, 소나무를 연결하여 짜릿함을 만끽할 수 있는 출렁다리, 노루와 토끼 등 야생동물들이 다니면서 목을 축인다는 노루샘, 실제로 호랑이가 살았다는 호랑이굴, 아름다운 여인이 옷을 벗고 엉덩이를 보이며 무릎을 꼬고 앉아 있는 것 같은 옷 벗은 미녀 참나무, 앉은 뱅이가 지나가다 물을 마시고 난 후 효험을 보고 걸어서 갔다하는 앉은뱅이약수, 한여름에도 한기를 느낄 정도라는 얼음바람골, 작은 아이디어도 소중한 관광 자원이 됨을 깨닫게 해 주는 다래덩굴터널, 야심차게 만든 괴음정전망대와 아스라이 공중에 떠 있게 하는 고공전망대…….

산막이의 별미인 막걸리 한두 잔으로 목을 축이고 풍광에 취하여 걷다 보니, 지난여름에 거닐었던 울릉도 해안산책로 못지않았다. 사람과 자연은 하나라는 진리를 깨닫게 하는 길이다. 사람들이제 세상이라고 큰 소리를 쳐도 가소롭다는 듯 의연한 모습의 바위들, 울울창창한 그야말로 사방이 산으로 막혀 있는 산막이고, 옆으로는 시퍼런 저수지 물이 흘러간다. 옛날에는 이 길을 주민들이 삶을 위한 생계 수단으로 힘겹게 드나들었지만, 지금은 길손들이 건강을 다지고, 스트레스를 풀고, 재충전을 한다고 몰려다닌다. 이에 격세지감마저 느끼게 한다.

몇 년 전에 다녀온 제주도 올레길, 지리산 둘레길과 달리 산막이옛길은 옛날 나뭇짐을 지고 다니던 오솔길을 친환경적으로 정비한 길이다. 우리는 언제나 평탄한 길을 가지는 못하고 때로는 험하고 비탈진 길을, 그것도 무거운 짐을 지고 오르내리는 것은 아닐까! 필자도 지금까지 무거운 짐을 지면서 살아온 것 같다. 이 길을 걸으면서 떨칠 것은 과감하게 떨치며 마음의 짐을 벗고 기(氣)를 받은 것 같다. 덕분에 남은 길은 좀 더 순탄하고, 보람 있게 갈 것 같다. 그저 앞만 보고 달려야 했고 뒤처질까 조바심을 했는데…….

마음을 비우면 이렇게 편안하고 행복한 것을! 행복을 먼 곳에서 찾으려 말고, 지금 여기에서! 생활 속에서, 즐기면서 찾자.

지금 여기에서, 이 순간을 즐기면서 가장 소중하고 알차게 살아야 한다는 것을 산, 호수, 숲이 아름답게 어우러진 숲속 자연의 보고(寶庫)인 산막이옛길을 걸으며 새삼스레 깨달았다.

- "김진웅 칼럼" 〈충청일보〉, 2010년 12월 8일

＊ 충청일보에 이 글이 실리던 날 아침, 교장실에서 간부회의를 하고 있는데 교감 선생님으로부터 "괴산군청"이라며 전화 한 통을 건네받았습니다.

임각수 괴산군수님께서 직접 전화를 주신 것이었습니다. 이유인즉슨 "산막이옛길을 소재로 신문에 칼럼을 실어, 괴산군과 산막이옛길을 홍보하여 주어서 감사드린다."는 말씀이었습니다.

이 기회를 빌어 학교 교육과 필자의 글에 관심과 성원을 보내주신 임 군수님께 감사드립니다.

수류화개 水流花開

어느덧 절기는 백로(白露)도 지났다. 백로는 들녘의 농작물에 흰 이슬이 맺히고 가을 기운이 완연히 나타나는 때이다. 맑은 날이 이어지고 기온도 적당해서 오곡백과가 여무는 데 더없이 좋은 날이 된다.

"백로에 비가 오면 오곡이 걸여물고 백과에 단물이 빠진다."라는 말이 있을 정도이다. 올여름 내내 날씨가 좋지 않았지만, 뒤늦게 가을 날씨라도 좋아 여간 다행이 아니다.

우리 민족의 최대 명절인 추석 연휴도 끝나 일상생활로 돌아간다. 연휴 동안 서해로 올라온다던 14호 태풍 '꿀랍'은 연휴 시작과 함께 소멸되었지만, 그 영향으로 비가 많이 내려 큰 불편을 주었다. 추석 명절에 고향에서 보고 싶던 가족, 친척들을 만나고, 우리의 미풍양속인 조상을 섬기고 음덕을 기리며 즐겁고 뜻깊게 재충전도 한 행복한 추석이었을 것이다. 모두 갈망(渴望)하는 '행복'은 언제 어디에 있을까?

내 행복은 항상 내 앞에 있다고 한다. 내가 앞으로 나가면 행복도 앞으로 나가니 행복을 놓치게 되고 이러다간 평생 놓치지나 않을까!

그래서 생각을 바꾸어 행복에 조건을 달지 말고 '지금 당장 여기에서 행복해라.'고 한다. '이렇게 해야 행복하다.'가 아니라 '이래서 행복하다.'로 새롭게 바꾸어 생각하자는 것이다.

무소유(無所有)의 정신으로 널리 알려진 법정 스님은 '수류화개(水流化開)'라 가르치고 있다. 내가 서있는 바로 그 자리에서 물이 흐르고, 꽃이 핀다는 뜻이란다. 음미를 해보니 어렴풋이 알 것 같다. 과거는 지나갔고 미래는 아직 오지도 않았으니, 오직 지금만이 유일한 실재라는 것이다. 그래서 '금 중에 제일 귀한 금'은 황금도 백금도 아닌 '지금'이라는 것이다.

〈죽은 시인의 사회〉의 키팅 선생님은 미국 웰튼고등학교에서 펼쳐진 색다른 교육 방법으로 유명하다. 그는 카르페 디엠(carpe diem, 현재를 즐겨라. 너의 인생을 특별하게 만들어라.) 정신을 불어넣어 준 것도 수류화개와 공통점이 많고, 삶의 정곡(正鵠)을 찌르는 말이라 무척 감명이 깊다. 교육자의 한 사람으로서 학생들의 다양성을 존중하고 잠재 능력을 키워 주는 보다 알차고 참신한 교육을 하여야 하겠다는 다짐도 하여 본다.

누구나 행복하게 살고 싶고, 또 그럴 권한이 있다. 나의 생활은 바다 같다. 파도처럼 출렁이고, 오락가락하고, 부서지고, 생각의 파도가 치고 감정의 물결이 일렁이기도 한다. 어떤 때는 성난 파도가 되고, 때로는 잔잔한 호수같이 평화롭다. 그 변화무쌍한 삶 속에 금을 긋고, 방파제를 쌓고, 물을 가두는 등 관리하느라 고단하고 지친다. 불교에서 괴로움이 끝이 없는 인간 세상을 일러 '고해(苦海)'라고 하는 말도 이런 의미일까? 그렇지만, 깊은 바다 속은 어떤가! 표면과는 사뭇 다르다. 그 곳엔 경계도 없고, 둑도 없고, 갇힌 것도 없다고 한다. 모든 걸 포용하고, 수용하고, 평화롭다.

앞으로 일상생활에서 너무 일희일비(一喜一悲)하지 않고 바다 표면이 아닌 심해(深海)처럼 깊고 넓어져서 대범하고, 관대하고, 포용하고 싶다. 또한, '수류화개'라는 교훈을 되새기며, 지금 하는 일에 긍정적인 마음가짐으로 최선을 다하여야 하겠다.

행복은 사소한 일상 속에서도 주어진 것을 누리며 마음을 따뜻하게 가꾸어 충만하게 하는 것이리라! 그렇게 하면 파도처럼 부서지지 않고, 갈대처럼 흔들리지 않고, 세파(世波)에 오락가락하지 않고 휩쓸리지 않으니 좀 더 의연한 생활을 하며 신바람 나는 행복한 삶이 될 것이다.

- "김진웅 칼럼" 〈충청일보〉, 2011년 9월 15일

드림 소사이어티

지난 4월, 교육과학기술연수원의 원격 과정 연수를 받고 많은 것을 새롭게 알 수 있어 기뻤다. 바쁜 업무 속에서 때로는 밤잠을 줄여야 하는 어려움도 있었지만, '교원을 위한 문학적 감성 및 상상력 계발' 연수를 하니 많은 보람이 있었다. 우리의 일상생활 속에서 감성만큼 소중한 것도 없다. 이런 감성을 문학 작품을 통해서 기르는 것이 매우 효과적이고, 문학은 우리에게 인격 수양과 치유의 역할까지 한다는 중요한 사실도 알았다.

"정보 사회 다음에는 어떤 사회가 올까?" 덴마크의 저명한 미래 학자인 롤프 옌센(Rolf Jensen)은 "이야기를 바탕으로 하는 새로운 사회, 꿈과 감성을 파는 사회, 즉 드림 소사이어티(Dream Society)가 머지않아 도래할 것이다."라고 예언했다.

드림 소사이어티는 이야기를 생산품처럼 만들어내는 사회이다. 이런 사회에서는 상상력이 곧 생산력과 직결된다. 이야기의 힘은 결국 상상력에서 나오기 때문이란다. 상상력은 요즈음 교육의 화두가 된 창의성 신장과 밀접한 관계가 있다고 나름대로 분석하여 본다.

드림 소사이어티는 전 분야와 관련성이 깊다. 얼핏 생각하면 사업과는 별 관계가 없는 것 같은데, 사업가들은 훌륭한 소설가가 이야기를 하듯 사업의 미래를 상상해 보아야 하기에 관련이 깊다고 한다. 이때 시나리오는 무대이며, 시장은 배우들이 있는 연극이다. 시나리오를 가지고 운영하면, 미래의 기업이 어떨 것인가에 대한 질문에 보다 용이하게 답할 수 있다.

드림 소사이어티의 시대에는 강력한 스토리텔링 능력이 필요하다. 여기에서 스토리텔링이란 꿈과 감성이 잘 결합된 이야기를 전달하는 것이다. 보다 발전하고 생존하려면 나만의 이야기를 발굴하고 확산시킬 수 있어야 한다. 특히 자기만의 이야기를 생산해낼 때 드림 소사이어티의 주인공이 될 것이라는 교훈도 얻었다.

미래형 교육 과정이라고도 불리던 2009 개정 교육 과정은 미래 사회가 요구하는 창의적인 인재 양성을 목표로 하고 있다. 특히 국어과의 문학 영역에서는 문학 수용과 생산을 통한 상상력과 감성의 발달 및 이를 통한 인간과 세계의 소통을 강조하고 있으니, 문학이 주는 상상력과 감성은 학생들과 지도하는 선생님들에게 반드시 필요하다.

창의력은 미래 사회의 특징이자 생존 전략이다. 창의력을 기르지 못하면 학생도, 학교도, 국가도 도태되고 만다는 위기감도 강조되고 있다. 정보화 시대에 테크놀로지가 최우선이었다면 크레비즈(Crebiz) 시대에는 이매지네이션이 중시된다. 창의성이 있어야 대학도 가고, 취업도 하고, 글로벌 경쟁에서 나라도 살릴 수 있다.

창의력은 기존 지식과 정보 없이는 만들 수 없다. '무'에서 '유'를 만드는 것이 아니라 재구성력이고, 새로운 것일 뿐만 아니라 유용한 것이자 사고력이며, 문학과 통하는 점도 많다. 문학은 현실을 반영하면서도 항상 상상의 세계를 꿈꿔 왔다. 익숙한 일상을 낯설게 바라보고, 역사를 재구성하여 새로운 이야기를 창조한다.

문학은 현실을 살아가는 데 직접적인 유용함을 주지는 않지만, 우리가 자아를 발견하고 서로를 이해하여 소통하는 방법을 가르쳐 주고 있다. 잃어버렸던 감성과 상상력을 되찾고, 꿈 많은 학생들과 눈높이를 맞추고, 그들의 꿈이 한 뼘씩 더 높고 크게 자라는 바탕이 되도록, 먼저 꿈꾸고 창의력 있는 학교를 만들어 심신이 건강하고 창의력이 넘치는 학생들을 길러내야 한다.

– "김진웅 칼럼"〈충청일보〉, 2012년 5월 11일

유라시안
네트워크

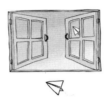

    지난주 금년의 제1차 학교장 연찬회가 있었다. 학년 초의 바쁜 일정이었지만 알찬 기획과 운영으로 매우 뜻깊고 효과적인 연찬회였다.

    교육감님의 인사 말씀, 특강, 청렴 교육, 교육 시설 재난 관리, 업무 협의 등 모두 많은 도움이 되었으며, 특히 KIST 이민화 교수의 '스마트 코리아로 가는 길, 유라시안 네트워크'라는 강연은 특징 있고 신선한 감동을 주었다.

    공학을 전공한 분이 보여 준 해박한 인문, 경제, 역사학적 지식에도 놀랐지만, 무엇보다 새로운 미래에 대한 안목과 비전 그리고 대한민국의 나아갈 길을 새롭게 제안하였다. 우리는 삼국 시대부터 고려 시대까지, 로마로부터 경주에 이르는 유라시안(몽골리안) 네트워크의 중심이었다.

필자의 생각처럼 우리는 농업 국가가 아니라 교역 국가였으며, 은둔 국가·조용한 아침의 나라가 아니라 개방 국가로 세계 10위권의 경제적 부를 구가한 강국이었다니 정말 감동적이고 희망적이다. 하지만 불행하게도 조선 시대에 이러한 네트워크를 일탈해 중국에 합류하고, 18세기 이후 실크로드 쇠퇴 또한 조선의 정체와 일본의 침탈로 이어져 오늘날까지 분단국의 아픔으로 남아 있다는 것은 매우 안타깝다.

강연자는 개혁, 네트워크 국가로서의 대한민국의 정체성을 새롭게 정립하자고 하였으며, 또한 이처럼 새로운 정체성 확립이 디지털 노마드 시대인 21세기에 나아갈 길이라고 강조하였다.

디지털 노마드족(Digital Nomad族)이란 첨단 기술을 의미하는 '디지털'에 유목민을 뜻하는 '노마드'를 합성한 말로 휴대폰과 노트북, 디지털카메라 등과 같은 첨단 디지털 장비를 갖추고 장소에 구애받지 않은 채 일하는 사람들을 의미한다. 디지털 노마드족의 중요한 특성은 이동성을 갖춘 최첨단 IT기술을 활용하고, 기술을 이용해 자신의 생활 터전에 필요한 정보를 찾고, 제공하기도 하는 쌍방향 커뮤니케이션을 통해 개인 및 사회생활을 영유한다.

진취적이고 자유로운 과거 유목민의 강한 기질이 우리에게 있다는 말씀을 듣고, 우리나라가 IT강국이 된 것은 우연이 아니며 타고난 기질이라는 것을 알았다. 또한, 이제 디지털 시대를 맞이해 한국인의 노마드적 DNA가 빛을 발할 수 있는 역사적 호기를 맞이하고 있다니 참으로 획기적이다. 바로 개방과 공유의 대한민국이 나아갈 길이고, 그것을 통해 내부의 저항을 외부적으로 승화시키며 인류사적으로도 기여할 수 있는 지혜로운 길이라는 것도 배웠다.

우리는 세계사에서 유례없는 민주화와 산업화를 이룬 몇 안 되는 국가 중의 하나이다. 지난 100여 년간 개발도상국에서 선진국으로 진입한 나라는 일본과 아일랜드 정도 밖에 없는데, 우리가 바로 그 문턱에 와 있다. 국민소득 2만 달러에서 머물고 있는 것이 10년인데 어떻게 해야 다음 단계로 도약할 수 있을 것인가? 대한민국의 신성장 동력을 어떻게 만들어야 하는가? 개방과 선도의 21세기, 신성장 동력은 디지털 실크로드에 있다. 우리 안에 감춰져 있는 몽골리언 디지털 노마드의 DNA를 깨워야 한다. 국제사회에서 외톨이가 되지 않고 리더십을 갖춘 선진국으로 진입하기 위해서는 유라시안(몽골리안) 네트워크를 주도하여, 실크로드를 장악한 몽골리안 국가끼리 경제·외교·문화 네트워크를 구축해 선진국 진입을 앞당기고, 세계의 중심에 우뚝 서야 한다는 것에 무척 감명 깊었다. 우리 민족의 우수성과 잠재력에 대하여 긍지를 갖고 고찰해 보는 좋은 기회였다.

- "김진웅 칼럼" 〈충청일보〉, 2011년 3월 18일

열심히 일한 선생님,
당당하고 옹골찬 방학을!

　요즈음 어느 때보다도 선생님들의 업무가 과중하고 신경 쓰는 일이 많다 보니 마치 감정 노동처럼 스트레스를 많이 받는다. 본연의 임무인 학습 지도와 생활 지도는 물론 방과후학교 업무도 수행한다. 특히 학교 폭력 예방 지도 등은 과정이 중요하고 가정, 사회, 국가의 대책과 지원 없이는 불가능하다. 그런데도 무슨 일이라도 생기면 평소에 지도에 태만하고, 무관심하고, 소통이 안 되었다는 등 자질이 부족한 선생님으로 낙인찍히는 현실이 슬프다.

　매스컴은 어떤가! 촌지 감시를 받는 스승의 날, 부담되는 스승의 날 선물, 심지어 학원선생님이 낫다, 무릎 꿇고 사과해요, 선생님 구타 등 교권을 무너뜨리고, 사기를 땅에 떨어뜨린다. 좋지 않은 것은 가정과 사회의 몫까지 떠밀며, 교원들에게 초인적인 역할을 강요하고 있다. 그래도 악조건 속에서 오로지 사명감과 희생정신으로 묵묵히 투혼을 발휘하다 보면 지칠 대로 지치고, 스트레스는 가중되고 있다.

방학을 재충전과 윤활유가 되도록

날씨가 점점 더워지고 있다. 학습하는 학생들은 물론, 바쁜 업무와 스트레스로 심신이 지칠 대로 지쳐 있는 선생님들도 방학을 기다리고 있다. 방학도 다음 학기 준비와 자기 발전을 위해 즐겁고 알차게 보내야하기에 일반인들의 휴가와는 자못 다르다. 갖가지 업무로 지친 심신과 실추된 자존심을 추스르면서 자기 계발, 여가 선용, 여행 등을 통하여 방학을 당당하고 옹골차게 적극 활용하여야 한다.

일반인들이 부러워하고, 심지어 놀고 봉급 받는다고 시샘을 당하기도 하는 방학도, 효과적으로 활용하면 우리에게 자기 연찬과 여행과 휴식을 통하여 재충전하는 특권으로 쓸 수 있고, 윤활유(潤滑油)가 될 수 있다. 필자도 무계획적으로 들떴을 때는 시작할 때만 잔뜩 기대를 하고, 막상 지나고 보면 허무하고 후회되는 방학을 보내기도 했다.

당당하고 옹골찬 방학을!

"활도 쓰지 않을 때는 줄을 풀어놓아야지, 언제나 매어 두면 못 쓰게 된다."라는 말처럼, 선생님들도 적절한 쉼이 필요하다. 그러나 휴식이라고 해서 다 같은 것은 아니다. 하나는 쉬기 위해 멈추는 경우이고, 다른 하나는 쉬지 않고 달리다가 문제가 생겨서 어쩔 수 없이 멈춰서는 것이다. 쉬기 위해 멈추면 휴식과 충전, 삶의 여유와 활력 있는 에너지를 얻게 되지만, 고장이 나서 멈추게 되면 뒤늦은 회한과 상처만 남는다. 고장이 나기 전에 쉬기 위해, 자아를 찾기 위해 노력하는 현명한 선생님들이 되시기를 바란다.

스티븐 코비의 〈성공하는 사람들의 7가지 습관〉 중 일곱 번째 항목이 바로 'Sharpen the Saw'이다. 이것을 '심신을 단련하라'라고 해석하는 책이 많은데, 사실은 '톱날을 갈아라.'는 의미이고, 착실히 준비하는 것이 당장에는 답답한 듯 보여도 결국엔 성공의 속도를 빠르게 해 준다는 교훈이다.

또한, '휴(休)테크'라는 신조어처럼 잘 쉬는 것과 여행도 중요한 투자이다. 여행에서 얻는 영감(靈感)은 생활을 신바람이 나게 하고, 기발한 아이디어를 낳는 삶의 소중한 활력소이고 자산이 된다.

일중독에 걸려 살다 보니 어느덧 교직 40여 년이 흘렀다. 열심히 학생들을 가르치고 주어진 업무에 나름대로 최선을 다했지만, 지금 생각하면 그런 일상 업무보다는 연수와 여행 체험이 기억이 많이 나고 인상 깊다.

1995년 네덜란드·독일·프랑스 연수, 2003년 금강산 연수, 교감·교장 자격 연수, 각종 연수……. 모두 열심히 일한 보상으로 유공 교원과 승진자로 뽑힌 것이기에 더욱 자랑스럽다. 또한, 방학 때 훌쩍 다녀온 개인적인 여행과 자기 연찬으로 틈틈이 갈고 닦은 연찬 등도 수필 등단 등 삶의 나이테가 되어 또렷하게 새겨져 있다. 역시 방학을 잘 활용하여야 더욱 발전할 수 있다는 교훈을 준다.

무슨 천지개벽도 아닌데 앞만 바라보며 달려오다 보니 정년퇴직이 가까워진다. 누구보다도 건강하다고 자부하였는데, 마음은 청춘이지만 나이 탓인지 눈도 침침할 때가 있고, 몸도 신경 쓰게 되니 '남는 게 무엇이지?'하며 뒤늦게 깨닫게 된다.

건강, 알찬 체험, 아름다운 추억들이 노후에 돈이나 명예보다 훨씬 가치 있을 것인데…….

젊고 현명한 우리 선생님들은 필자처럼 뒤늦게 후회하지 말고 소중한 체험을 통하여 값진 자산과 추억을 만들도록 이번 여름방학 등을 활용하여 더욱 바람직하게 정진하시기를 소망한다.

– 〈월간 새교육 – 여름방학 기획〉, 한국교육신문사,
2012년 7월호, 34~35쪽

과유불급過猶不及

　요즈음 삼복더위가 기승을 부리며 집중호우도 내리고 있다. 일기예보에 의하면 장마전선은 일시적으로 소멸되었지만 다음 주까지 곳에 따라 비가 내리고, 열대야도 나타난다고 한다. 충북 지방은 그동안 농작물이 제대로 자라지 못할 정도로 가물었는데 이번에 장맛비가 왔지만 아직 저수량이 부족하고, 해갈에는 미치지 못한다. 그러나 대전과 충남 지방에는 집중호우로 사망, 실종 등 인명 피해가 많이 발생하고, 재산 피해도 엄청나다니 너무 안타깝다.

　피서를 가고, 휴가를 간다고 온통 야단법석이다. 독서삼매에 빠져 보는 것도 피서라고 했던가? 내가 최근 읽은 책 중 하나가 〈병이 달아나는 신 건강법〉인데, 세계 최고 대체의학자 2인이 말하는 무병장수법에 대하여 쓴 책이다. 특히 과유불급(過猶不及)을 강조하고 있는데, 요즘 장맛비처럼 '지나친 것은 모자란 것과 다를 바 없고, 지나치면 부족한 것보다 못할 수 있다.'는 말이다. 《논어(論語)》의 〈선진편(先進篇)〉에 나오는 말로, 중용(中庸)의 중요성을 이르는 말이다. 공자의 이 말씀은 현대에도 건강 등 여러 가지에 통용될 만하다.

이집트의 피라미드에도 식사와 건강에 관한 흥미로운 문구가 새겨져 있다고 한다. "인간은 자기가 먹은 양의 25%로 살아가고 나머지는 의사가 먹는다."는 말이다. 너무 많이 먹으면 병이 나서 의사의 배를 불려 준다는 뜻으로, 과식이 인체에 미치는 영향을 단적으로 나타낸다. 배가 고프지 않아도 습관적으로 아침, 점심, 저녁 세 끼를 꼬박꼬박 챙겨 먹는 현대인은 그야말로 영양과잉 상태이다. 그 결과 혈관에 노폐물이 쌓여 혈액이 오염되고 체온이 낮아져 각종 질병을 유발하게 된다. 소식(小食)과 채식을 해야 한다는 것이다. 휴대 전화와 컴퓨터 등 인체가 미처 적응하지 못한 현대 생활의 스트레스 또한 질병의 원인이라고 한다.

어느 통계를 보니, 지난 50년 동안 고기, 달걀, 우유 등 단백질 섭취는 급증한 반면 쌀과 감자류 등의 탄수화물 섭취는 감소했다. 우리의 식탁이 고단백, 고지방, 저탄수화물의 서구형으로 바뀐 결과 질병도 서구화되었으며, 인간의 몸은 해가 뜨면 일어나고 해가 지면 잠을 자는 생활을 하도록 만들어져 있어, 올빼미형은 좋지 않으니 늦어도 12시 전에 잠자리에 들어야 한다는 것도 알았다. 그리고 인간의 자연 치유력이 얼마나 대단한지도 알 수 있었다. 발열, 발진, 통증, 가려움증, 피로 같은 증상이 나타나는 것은 우리 몸이 스스로 치유하고 있다는 증거이니 해열제로 치료하기 보다는 몸이 내는 소리에 귀를 기울여야 한다는 것이다. 야생동물에게는 의사도 간호사도 없지 않는가! 그들이 병에 걸리면 과연 어떻게 할까? 음식을 입에 대지 않고 그저 편안히 완치되길 기다릴 뿐인데, 인간은 몸이 조금만 이상해도 금방 병원으로 달려간다.

운동 또한 과유불급이다. 운동뿐만 아니라 무엇이든지 지나친 것은 금물이다. 과식, 과음, 과로, 스트레스, 결벽에 가까운 무균·항균…….

앞으로 과유불급의 교훈을 생활 속에서 실천하자. 일기와 글을 쓰면서 마음의 스트레스를 내려놓고 적당한 운동으로 몸의 피로를 풀어 주어야 하겠다. 장인(匠人)과 예술가처럼 무언가를 진심으로 즐기면서 거기에 몰입하는 것은 스트레스가 아니다. 또한, 걷기 운동을 하면 체온도 높이고, 혈액 순환도 개선할 수 있다. 그리스 철학자 아리스토텔레스의 철학도 걸으면서 만들어졌다고 하듯 평소에 떠오르지 않던 기발한 생각도 산책을 하면서 떠오를 수 있을 것이다.

– "김진웅 칼럼" 〈충청일보〉, 2011년 7월 28일

송구영신 送舊迎新

　신묘(辛卯)년 새해를 맞이한 때가 엊그제 같은데 어느새 또 1
년이 지나가고 있다. 세밑 가지가 되니 여느 때보다 누구나 상념
(想念)에 젖는 것 같다. 올해도 예외 없이 다사다난(多事多難)했
던 해라고 할 수 밖에 없을 정도로 국가적으로도 큰일도 많고,
어려움도 많았다.

　여름 내내 폭우가 내려 많은 인명과 재산 피해를 입었고, 치솟
는 물가와 일자리 부족 등의 경제난, 집단 괴롭힘을 견디지 못해
목숨을 끊은 대구 중학생 이야기 등 안타까운 일도 많았지만, 뜻
깊은 일도 많아 기쁘다. 우리나라가 2011년 12월 5일, 세계 9번
째로 무역 1조 달러를 돌파한 것은 우리 민족의 저력과 비전을 보
여 준 쾌거이다. 우리 충북 교육도 국가수준 학업성취도평가 3년

연속 1위, 청렴도 평가 3년 연속 우수교육청, 전국소년체육대회 3년 연속 종합 3위 달성 등은 어려운 여건에서 하나가 되어 최선을 다하여 이룩한 값진 성과이다.

또한, 지난 12월 17일 아침, 북한 김정일 국방위원장이 사망했다는 보도를 이틀 후인 19일에 듣고 착잡한 마음 금할 수 없다. 북한 동포를 굶주리게 하고, 천안함 폭침과 연평도 폭격 등을 일으키고도 사과 한 마디도 없는 사악한 장본인이 아닌가! 저지른 만행에 대하여 사과라도 하였다면 남북 간에 많은 소통과 발전이 있었을 텐데⋯⋯. 이 일로 비상근무령 4호가 발령되어 출장과 연가도 억제되었다가 며칠 만에 해제되었지만 씁쓸하였고, 문득 지난여름 백두산을 갔을 때 두만강 너머로 바라보던 북녘 땅과 주민들 모습이 아련하게 떠오르기도 한다.

이제 어려운 일과 좋지 않은 일들은 가는 해와 더불어 모두 씻어 버리고, 희망차고 경사스러운 일들만 많기를 기원하여 본다.

새해에는 우선 '불광불급(不狂不及)'이란 말처럼 몰입하여 최선을 다해 노력하고 싶다. 중요한 시기에 어렵게 뽑힌 최강희 국가대표 축구 감독도,

"어떤 일이든 그 일에 정말 미치지 않으면 절대 잘 할 수 없다." 면서 "나도 축구에 미쳤고 축구에 미친 선수가 많은 팀이 좋은 성적을 내게 마련"이란다. 프로 축구에서의 업적처럼 대표팀 감독으로서도 성공하여 많은 발전과 변혁을 주기 바란다. 열정과 노

력 그리고 능력이 우리의 적폐(積弊)이고 병폐였던 지연, 학연, 인맥, 간판, 학위보다 모든 분야에서 당연히 우선되도록.

새해에는 더불어 살아가는 사람, 서로 경계가 아닌 사랑과 신뢰의 사회가 되어야 요즈음 위기에 처해 있는 공교육도 바로 세우고, 학교 폭력도 근본적으로 예방할 수 있을 것이다.

여름에 비가 오지 않기로 유명한 미국 캘리포니아 어느 공원에 거대한 나무들이 자라나는 숲이 있는데, 비도 잘 오지 않는 척박한 곳에서 일반적인 크기도 아닌 최고 112m나 되는 나무로 자랄 수 있었던 이유를 분석하여 보았다. 식물학자들이 나무의 뿌리가 얼마나 깊은지 뿌리를 파헤쳐 보았더니, 놀랍게도 뿌리가 옆의 나무들과 서로 연결되어 있었다는 양재복 님의 〈새벽 편지 가족〉 이야기처럼, 부족한 것을 주고받으며 서로에게 손잡고 힘이 되어, 더불어 살아가는 가슴 따뜻한 사회가 되면 얼마나 좋을까!

새해에는 교원들은 더욱 부단한 연찬으로 전문성과 사랑으로 가르치고, 가정에서도 자녀들에게 '밥상머리 교육'을 되살려 보다 바람직한 생활을 하도록 지도함으로써 학교를 신뢰하고 선생님을 존경하는 풍토를 되살려야 하겠다. 이것은 학생과 교직원이 행복하고, 학부모와 지역 사회가 만족하는 교육이 되는 지름길이라고 세밑에서 송구영신하면서 되새겨 본다.

— "김진웅 칼럼" 〈충청일보〉, 2011년 12월 30일

영예의 졸업을
축하하며

　아직도 늦겨울 추위가 안간힘을 쓰고 잔설이 남아 있지만, 입춘(立春)도 지났고 남녘에서 봄소식이 들려오고 있는 이 때, 빛나는 졸업장을 받는 졸업생 여러분들에게 마음의 꽃다발을 한 아름 선사합니다.

　사랑하는 졸업생 여러분!

　영예의 졸업을 하는 희망찬 여러분의 모습을 보니, 어느 때보다도 대견스럽고 마음이 든든합니다. 졸업은 여러분 자신이나 부모님께나 선생님들께 모두 대단히 기쁘고, 여러 가지 뜻이 있을 것입니다. 이제 더 넓은 세상을 향하여 새롭게 출발하는 여러분에게 학교장의 한 사람으로서 몇 가지 당부하고자 합니다.

첫째, 여러분이 졸업하게 된 것을 부모님과 선생님께 진심으로 감사드려야 합니다. 결코 저절로 자란 것이 아닙니다. 이 세상에 태어나서 이만큼 성큼 자라나게 하고, 학교를 잘 다닐 수 있도록 보살펴 주고 가르쳐 주신 부모님과 선생님들께 감사드려야 합니다. 낳아 주시고 사랑과 정성을 다하여 이렇게 씩씩하고, 곱고, 의젓하게 키워 주신 부모님께 그리고 6년 동안 사랑으로 성심껏 지도해 주시고 깨우쳐 주셔서 이처럼 바르고, 오롯하게 클 수 있게 해 주신 선생님들의 노고에 감사드려야 하겠습니다.

둘째, 졸업은 끝이 아니라 시작입니다. 여러분이 앞으로 어떤 사람으로 자라겠다고 하는 큰 꿈과 희망과 포부를 가슴속에 품고 그것이 잘 이루어질 수 있도록 다짐해 보는 졸업이어야 합니다.

빌 게이츠처럼 자기 자신만이 잘할 수 있는 좋은 일, 보람 있는 일, 고귀한 일, 가치 있는 일을 찾아서 열심히 하다 보면 꿈을 이룰 수 있습니다. 밥 먹는 것도 잊고, 잠자는 것도 잊고, 노는 것도 잊을 정도로 내가 좋아서 빠져들 수 있는 일이 무엇인가를 찾아내서 노력하면 소질을 살려 남보다 잘할 수 있고, 성공할 수 있을 것입니다. 만약 빌 게이츠가 처음부터 돈만 벌겠다고 각오했다면 아마 슈퍼마켓 주인쯤 되었을지도 모릅니다.

영국의 위대한 실험과학자 마이클 패러데이(Michael Faraday)는 실험이 재미있어서, 과학이 좋아서 몰입하다 보니 전기로 세상을 바꾸게 하는 등 어떤 과학자도 하지 못한 위대한 업적을 쌓았습니다. 그가 크리스마스 강연 중 "양초의 불꽃은 어둠 속에서도 빛을 발하지만, 다이아몬드는 불꽃이 없으면 결코 빛날 수 없단다."라고 한 명언을 되새겨 보고, 앞으로 그의 전기문을 꼭 읽어 보며 본받기 바랍니다. 여러분이 잘 아는 아인슈타인도 그를 존경하여 실험실에 그의 사진을 걸어 놓았다고 합니다.

자신에게 무엇이 숨어 있는지 아직 발견하지 못한 사람은 중학교, 고등학교, 대학교를 다니는 동안 나에게 숨겨진 나만의 소중한 것을 찾아서 자신의 삶을 가꾸는 사람이 되길 바랍니다. 꿈이 있는 사람은 헛된 삶을 살지 않습니다. 여러분이 소중한 꿈을 이루려는 삶을 살 때 마침내 귀한 사람, 소중한 사람, 존경받는 사람이 될 것입니다. 졸업생 여러분 모두 그러한 사람이 되길 간절히 바랍니다.

셋째, 여러분이 주인공이 될 21세기 사회는 남을 존중하고, 나보다 '우리'라는 공동체 의식의 민주 시민을 요구합니다. 친구들과 사이좋게 지내고, 모교와 후배들을 사랑하고 아끼는 선배가 됩시다. 또한, 공부 잘 하는 것 못지않게 가슴이 따뜻한 바른 품성을 길러야 합니다. 선생님들과 부모님들은 여러분이 바르고, 건강하게 자라는 모습을 지켜보면서 기뻐하실 것입니다.

최근 큰 걱정거리가 된 학교 폭력, 따돌림, 일진회, 불건전한 졸업 뒤풀이 따위의 전염병처럼 번지는 사례들은 이제 먼 옛날이야기나 다른 나라의 이야기처럼 되어,

"우리 사회와 학교에서는 자취를 감췄고, 아무 걱정 없다."는 그

런 기쁨의 함성이 메아리쳤으면 정말 좋겠습니다. 이런 큰일을 자랑스러운 졸업생 여러분이 앞장서서 하여 주기 바랍니다.

거듭 여러분들의 졸업을 축하하며 '실력과 인성을 갖춘 창의적인 사람'으로 자라 21세기를 이끌어 가는 대한민국의 훌륭한 주인공이 되길 간곡하게 바랍니다.

− "김진웅 칼럼" 〈충청일보〉, 2012년 2월 10일

야영
수련회

　지난 주 우리 학교 4, 5학년 어린이 330여 명이 보은에 있는 ○○○수련원에서 야영 수련 활동을 하였다. 부모님 품을 떠나 2박 3일간 수련 활동을 하는 어린이들을 격려하고자 퇴근 후에 찾아갔다. 바쁜 중에도 학교운영위원장님, 학부모회장님, 임원님들, 선생님들이 동참하여 '학부모와 함께 하는 학교 운영'이 될 수 있어서 더욱 뜻 깊고 고마웠다. 우리 학교 학생들을 환영한다는 현수막이 반겨 주었고, 경치가 무척 좋으며 공기 또한 맑아 상쾌하였다.

　자칫 메마르기 쉬운 정서를 순화시키고, 더불어 살아가는 데 필요한 지혜와 공동체의식을 함양하며, 올바른 가치관 정립, 집

단적 문제 해결 능력, 건전한 민주 시민 의식을 기르는 데 목적을 두고 추진하였다. 2박 3일이라서 학부모의 부담이 좀 되기는 했지만 그래도 수련원 측에서 가정 사정이 어려운 일부 학생에게 지원을 해 주어서 많은 도움이 되었다.

첫날의 활동 결과물을 살펴보니 협동 정신을 발휘하여 활동을 한 모습이 특색 있게 나타났으며, 참신하고 번뜩이는 아이디어도 돋보였다. 군인들처럼 질서 있게 줄을 지어 이동을 하면서도 무척 반갑게 인사를 하였다. 몸은 좀 피곤하여 보였지만 행동이 민첩하고 의젓해진 것 같아 대견스러웠다.

둘째 날인 체험의 날에는 공예 활동, 물놀이, 챌린지 활동을 했다고 자랑을 한다. 부모님께 드릴 비누를 만들었다고 좋아하고, 물놀이를 할 때 물이 차가웠다고 하는 아이도 있었다. 공중 줄타기를 했을 때 무척 힘들고, 무서웠다지만 극기심과 인내심을 기르는 데 좋은 체험 학습이 되었을 것이다.

저녁에 캠프파이어하는 것을 참관하였다. 산 속이라서 그런지 썰렁하여 마치 가을 날씨 같았다. 어린이 부회장과 함께 점화에 참여하였다. 아름답고 조용한 속리산 기슭에서 펼치는 캠프파이어는 참으로 장관이었다. 어리게만 보였던 어린이들이 씩씩하고 발랄하게 발표하는 모습을 보니 더욱 소질 계발을 하고 알차고 창의적인 학교교육 활동을 하여야 되겠다는 생각을 하였다. 명상의 시간이 진행되면서 칠흑 같은 어둠 속에 조용한 음악이 흘렀다.

끝날 때쯤엔 여기저기서 생활 반성과 부모님 생각 등에 흐느끼고 "엉엉" 소리 내어 우는 학생도 있었다. 참회를 하고 깨달은 후의 희열의 눈물일까! 학교에 와서 작성한 소감문을 읽어 보니 정말 감동적이고, 수련회의 중요함을 알게 해 주었다. 우리를 위하여 새벽부터 밤중까지 온갖 고생을 하시고, 아무리 힘드셔도 미소를 주시고, 까뜨락까뜨락하며 천방지축인 철부지를 다 받아주시고, 정작 편찮으실 때는 내색도 않으셨는데, 우리가 아플 때는 주무시지도 않고 걱정을 해 주시고……. 비록 짧은 2박 3일이지만 부모님과 선생님 품을 떠나보니 고마움을 깨닫게 되었고……. 야영 수련을 하며 많은 것을 깨달았다고 한다.

모쪼록 이번 야영 수련회를 통하여 좀 더 스스로 생각하고 행동하고 공부하며, 호연지기(浩然之氣)를 기르고 진취적인 주인공으로 자라나길 소망한다. 또한, 감성이 풍부하고 가슴이 따뜻하며 기본이 바로 선 믿음직한 학생으로 자라나길 기대하여 본다.

– "김진웅 칼럼" 〈충청일보〉, 2011년 7월 14일

작은
결혼식

    봄, 가을에 많이 올리던 결혼식이 한여름이나 겨울에도 많이
있어 흔히 '결혼식은 철도 없다.'지만 그래도 요즘이 이사철이고
결혼식 성수기인데, 경제난에 이사도 결혼식 횟수도 많이 감소하
고 있다니 안타깝다. 필자도 주례(主禮)를 설 때가 많다 보니 인
륜대사(人倫大事)인 결혼에 대해서 많은 관심을 갖게 된다. 주례
사 중에도 축하해 주며 지금 여기에서 하는 일을 즐기면서 진인사
대천명(盡人事待天命)하자고 강조한다.

    우리나라는 예전부터 관혼상제(冠婚喪祭)로 인하여 가정이나
국가에 많은 지장이 있어 1973년 '가정의례준칙'을 공포하여 허
례허식을 없애고 의식 절차를 간소화함으로써 낭비를 억제하며
건전한 사회 기풍을 진작하려고 시도했지만 지속되지 못했고, 큰

효과는 없었다.

최근에 '고(高)비용 결혼 문화'를 바꿀 수 있는 실천의 계기를 마련하고자 모 신문사와 여성가족부가 손잡고 '1,000명의 작은 결혼식 릴레이 약속'을 펼치고 있다니 무척 반갑다. 하나금융과 포스코, 반기문 유엔사무총장 등도 서명을 하고, 기업과 지도층 인사와 일반 시민 사이에서 '작은 결혼식을 실천하겠다.'는 약속이 릴레이로 이어지면서 결혼 문화가 자연스럽게 변하고 있다니 많은 기대가 된다.

고객들이 작은 결혼식을 약속하면 전세 대출 금리를 깎아주고, 임직원이 자율적으로 동참하도록 하는 은행도 있다. 결혼 비용이 줄어들지 않으면 젊은이들이 결혼을 점점 기피하게 되고, 부모는 결혼과 전세 비용을 대느라 비참한 노후를 보내게 된다. 평생 한 번인 결혼식이라고 호화롭게 돈을 쓰지 않아야 한다. 액수가 문제가 아니라 의미를 부여해야 아름답고, 소중한 추억이 된다. 실반지 하나를 사도 '둘이서 어디에서 어떤 의미를 담아 이 반지를 샀다.'는 역사가 있어야 한다는 그분들의 취지에도 적극 공감한다.

필자의 경우처럼 몇 십 년에는 어려운 사정이 더 많았지만, 그래도 선풍기, 텔레비전, 냉장고, 세탁기 등 가구 모두가 부부가 애써 마련한 것일 때 더욱 소중하고, 애착심이 가고, 추억의 물건들이다. 신혼 초 속리산이 있는 보은에서 생활할 때 냉장고가 없어 흘러가는 실개천에 김치통을 담가 놓기도 하다가 냉장고를 장만하였고, 남의 집에 가서 어깨너머로 시청하다가 어렵게 흑백 TV를 장만하였다. 그래서 동네 사람들이 텔레비전을 보느라 가질 않아 졸음이 와도 잠자리에 들지 못하던 때를 생각하면 지금도 웃음이 나온다. 가구 하나하나도 그렇게 정성들여 마련할 때 어려움은 많겠지만 그만큼 가치가 있고, 의미가 깊고 보람도 많다. 모든 것을 당연하다시피 받는 사람과 부모님의 땀과 눈물로 집과 가재도구 일습을 부족함이 없도록 갖춘 신혼집에 사는 사람은 어찌 그 기쁨을 느낄 수 있을까!

김용택 섬진강 시인의 "중요한 것은 서로 배우고 맞추고 바꿔가겠다는 의지이며, 결혼 생활은 가장 많이 배울 수 있는 학교이며, 처음부터 내가 원하는 조건을 갖춘 사람을 만나서 살겠다고 마음을 먹으면 안 되고, 행복한 결혼 생활은 결코 화려한 결혼식에서 오지 않는다."는 말의 의미를 되새겨 본다.

택시를 타 보아도, 시장에 가 보아도 경제가 어렵다고 한다. 우리나라가 국토는 좁고, 자원은 빈약한데도 이만큼 살고 있는 것은 어려운 여건에서도 교육을 통한 인재 양성, 새마을 운동, 경제 개발 등을 바탕 삼아 온 국민이 허리띠를 졸라매고 피땀 흘려 노력한 덕분일 것이다. 그런데 요즈음 수출도 내수(內需)도 모두 힘들고, 악조건이다. 이런 때일수록 '작은 결혼식'처럼 고치고 보완할 것은 하나하나 바꾸고 정착시켜 경제도 살리고, 온 국민이 정

(情)이 넘치고 더불어 사는 알차고 바람직한 의식으로 변혁되기를
갈망하여 본다.

– "김진웅 칼럼" 〈충청일보〉, 2012년 11월 9일

교육 사랑
나라 사랑

외국에서 우리 태극기를 보았을 때 그리고 올림픽이나 각종 국제 경기에서 우리 선수가 우승하여 태극기가 올라가고 애국가가 울려 퍼질 때 얼마나 가슴 벅찬 일인가!

우리 겨레의 상징인 무궁화를 많이 심고 가꾸어 '무궁화 삼천리'가 되도록 온 국민이 관심을 갖고 노력해야 할 것이다. 지금부터라도 도로나 공원 등 방방곡곡에 무궁화동산을 잘 조성하여 나라 사랑의 원동력이 되도록 하여야 하겠다.

개천절
아침에

제4343주년 개천절 아침이다. 태극기를 대문 밖에 게양하고 동네 한 바퀴를 돌아보았다. 거리에는 행정기관에서 내건 태극기가 물결을 이루고 있지만 아파트와 가정에는 태극기를 게양한 집이 너무 적어 안타깝다. 연휴가 끝나는 날이라서 아직 여행에서 돌아오지 않은 탓일까?

오전 10시부터 서울 세종문화회관에서 정부 주요 인사와 주한 외교단, 단군 관련 단체, 사회 각계 대표, 교사 및 학생·학부모 등 약 3,000여 명의 각계각층의 인사들이 참가한 가운데 개천절 경축 행사를 열고 있었다. 필자도 TV를 시청하면서 개천절의 의미를 되새겨 보았다.

경축 행사는 경축식의 1부와 경축 공연의 2부로 나누어 진행되었는데, 1부에서는 국민의례를 시작으로 국사편찬위원장의 개국 기원 소개, 국무총리의 경축사, 개천절 노래 제창, 만세 삼창 등으로 진행되었다. 학교에서 개천절 관련 계기 교육을 한 것처럼 학생들도 기념식 시청을 많이 하기 바란다. 필자가 중·고등학교에 다닐 때 인근 학교 기념식에 참석하고 '참석증'을 재학하는 학교에 제출하라는 과제도 지금 생각하면 의미가 깊다.

경축 공연은 〈하늘과 땅과 사람이 조화로운 나라〉라는 제목의 판소리와 대북춤과 태권무를 가미한 창작무용극으로, 판소리 명창이 부르는 "우리가 원하는 우리나라"를 시작으로 전개되어 많은 감명을 받았다.

종로구 사직동에 위치한 단군성전에서도 '개천절 대제전' 행사가 열리고, 강화도 마니산의 참성단 등에서도 개천절의 의미를 기리는 행사가 열렸다.

개천절의 의미를 생각해 본다. 처음에는 단순히 신화적인 의미로 받아들여졌으나, 1909년 민족교를 표방한 나철의 대종교에 의해 처음 경축일로 제정되었고, 그 후 그 정신을 계승하기 위해 국경일로 지정된 것으로 알고 있다.

개천절은 '하늘(天)이 열린(開) 일'을 기념하는 날이다. 개천이란 본디 환웅이 처음으로 하늘을 열고 백두산 신단수 아래로 내려와 홍익인간·이화세계의 뜻을 펼치기 시작한 것을 가리키고, 대한민국 4대 국경일의 하나로 단군왕검이 기원전 2333년 고조선을 세운 것을 기념하는 날이다. 그리고 우리나라의 정치, 교육 이념의 근간이 된 '홍익인간'의 정신을 알고 민족의 얼을 되새기는 날이라고 할 수 있다. 최근까지도 일본과 중국의 역사 왜곡과 독도 논쟁으로 매우 심각한 걱정이 되고 있는데 '단군 신화'와 직접적 관련을 맺고 있는 개천절의 의미를 온 국민이 되새겨 이를 극복했으면 하는 바람이다. 그냥 쉬는 날이라고 생각하고 놀러나 다니지 말고…….

몇 년 전에 가 보았던 강화도 마니산 참성단이 생각난다. 사적 제136호인 참성단은 단군왕검이 단기 54년 하늘에 제사를 올리기 위해 쌓은 제단이라고 한다. 높은 철제 울타리로 막아 출입을 제한하고 있어 자세히 볼 수 없었는데 앞으로 개방할 예정이라니 언제 또 찾아가고 싶다. 매년 전국체전의 성화를 봉송하는 우리 민족의 성지인 참성단이 자랑스럽다.

정부에서는 연중 국가 경축일 및 기념일이 가장 많은 10월을 맞이하여, 나라 사랑 태극기 달기 운동을 전개하고 있다. 온 국민의 단합을 도모하고 나라 사랑하는 마음을 드높이는 태극기 달기 운동에 적극 동참하여야 하겠다. 태극기 게양은 나라 사랑을 실천하는 출발이고, 국민의 의무라고 생각한다. 요즘 외국 여행을 많이 가는데, 외국에서 우리 태극기를 보았을 때 그리고 올림픽이나 각종 국제 경기에서 우리 선수가 우승하여 태극기가 올라가고 애국가가 울려 퍼질 때 얼마나 가슴 벅찬 일인가!

개천절 아침에 나라의 고마움과 태극기의 소중함과 나라 사랑을 되새겨 본다.

- "김진웅 칼럼"〈충청일보〉, 2011년 10월 6일

무역 1조
달러 시대

올해 우리나라는 무역 1조(兆) 달러를 돌파할 것이 확실하다고 한다. 참으로 지루한 장마 끝에 영롱한 햇빛 같고, 꿈만 같은 낭보이다. 문득 필자가 교직(敎職)을 시작한 70년대 초가 아련하게 떠오른다. 학교 건물 벽에 '하면 된다.'와 함께 '백억 불 수출, 천불 소득!'이란 문구가 지금도 눈에 선하다. '하면 된다.'는 구호는 1964년에 달성한 '1억 달러 수출'이 자신감을 심어 주었고, 이를 기념하기 위하여 '수출의 날'이 제정되었으며 우리가 살 길은 수출이라는 신념으로 온 국민이 피땀을 흘려 왔다. 1971년엔 10억 달러, 1977년엔 100억 달러를 돌파했다. 아시아에서는 1967년 일본에 이은 두 번째 100억 달러 수출이고, 무(無)에서 유(有)를 창조하여 숙명 같은 가난에서 벗어나는 신호탄이었다.

자라나는 학생들과 일부에서는 우리가 이만큼 잘사는 것이 저절로 된 것으로 알지는 않을까? 광복 직후 우리의 주요 수출품은 오징어, 중석(텅스텐)이고 대상국은 중국과 일본 단 두 나라에 350만 달러였다고 한다. 1960년대에는 가발과 돼지털, 섬유, 철광석 등이었고, 1970년대에 합판, 신발 등 경공업 제품을 주로 수출하던 것을 1980년대 들어서 비로소 철강, 선박 등을 거쳐 요즈음은 반도체, 선박, 자동차, 휴대폰 등으로 눈부시게 발전했다. 가발·돼지털로 시작한 수출품이 오늘날 기술과 산업 구조 발전으로 그 품목 또한 첨단화, 고부가 가치화가 되었다. 고유가 시대에 고도의 첨단 기술을 요하기에 우리가 100% 수주하는 심해 석유시추선(Drill Ship)처럼.

우리나라는 올해 전체 무역 규모면에서 중국, 미국, 독일, 일본, 네덜란드, 영국, 프랑스, 이탈리아에 이어 세계 9위지만, 수출은 영국과 이탈리아 등 우리보다 먼저 무역 1조 달러를 돌파한 선진국들을 앞질렀으며 조선과 중공업이 세계점유율 1위이다. 또한, 반도체와 휴대폰 2위, 자동차 5위, 철강 6위 등이고, 작년에 비해 수출 증가율도 힘이 세어진 코리아 브랜드 덕분에 중국을 제치고 1위에 올랐다니 참으로 고무적이고 통쾌한 일이다.

외국에 가면 누구나 애국자가 된다고 한다. 필자도 작년 중국 연길에 갔을 때 깜짝 놀랐다. 아무리 우리 동포들의 조선족자치주라고 해도 우리가 시청하는 KBS를 비롯한 주요 지상파 방송이 실시간으로 전파를 타고 있어 속속들이 알고 있었기 때문이다. 뉴스를 비롯해서 각종 우리의 좋은 소식은 긍지를 갖게 되고 자랑하고 싶었지만, 각종 사고나 범죄 소식 그리고 정치권에서 서로 싸우는 등 나쁜 소식에는 현지 사람들에게 부끄럽기 짝이 없었다. 특히 북한 주민들과도 자주 접촉한다는 그 사람들이 우리보다 그쪽과 더 친해질까 우려도 되었다.

우리가 현재 세계 9위로 무역 1조 달러 시대에 들어서고 머지않아 프랑스와 영국을 제치고 5대 무역대국으로 진입한다는 것 같은, 희망적이고 온 국민을 신바람 나게 하는 소식들이 많기를 갈망해 본다. 아직은 유감스럽게도 아침에 일어나 텔레비전을 보면 각종 사건 보고서가 날아드는 것 같아 무서운 것이 현실이지만…….

필자가 다녀온 만주 지방 일원에 대한 동북공정을 하며 아리랑을 자기네 문화라고 하는 중국, 독도를 차지하려고 하는 일본 등을 이기고, 더욱 살기 좋고 부강한 나라가 되려면 앞으로 정치를 비롯해 각 분야에서 새롭고 획기적인 각성과 변혁이 필요할 것이다. 용맹의 상징인 독수리도 40살 정도가 되면 죽게 되는데, 스스로 발톱과 깃털을 뽑아 환골탈태(換骨奪胎)하여 약 30년이나 더 새로운 삶을 힘차게 살 수 있다는 교훈도 있지 않는가!

-"김진웅 칼럼" 〈충청일보〉, 2011년 7월 8일

2018 평창
동계올림픽

　지난 7월 초 필자가 우리나라의 무역 1조 달러 시대를 기뻐하면서 앞으로 이런 좋은 소식들이 많았으면 기원했는데, 바로 그 무렵 정말로 경사스러운 일이 일어났다. 지난 7월 7일 0시 18분, 멀리 남아공 더반에서 발표된 국제올림픽위원회(IOC) 자크 로게 위원장이 어눌한 발음으로 '퓽창'을 외쳤다. 'PYEONGCHANG 2018'이라고 쓰인 카드를 들면서. 더반에는 우리 임원들과 응원단 그리고 교포들의 만세 소리가 울려 퍼지고……. 그 감동의 순간은 우리 모두에게 엊그제 일인 듯 생생할 것이다. 우울해질 정도로 날마다 내리는 장맛비와 군부대에서의 총기 사건 등으로 한숨이 터져 나왔는데……. 한밤중인데도 집 주위 아파트마다 불을 밝히고 있었고 발표하는 순간 "와— 이겼다."라는 기쁨의 함성이 들렸다. 마치 2002년 월드컵 때 우리나라가 축구 강호들을 이길 때 들었던 환호성처럼.

　유효 투표 95표 중 과반수가 되지 않으면 2차 투표까지 가기에 우리는 어느 나라보다 부담이 컸다. 지난 두 차례 도전에서 번번이 1차에서는 이기고 2차에서 분패한 악몽이 있기 때문에 발표를 앞두고 온 국민을 조마조마하게 했다. 그런데 아주 다행히도 1차 투표에서 63표를 얻어, 독일의 뮌헨(25표)과 프랑스의 안시(7표)를 38표의 큰 차이로 압승을 거둔 것이다.

　역대 동계 올림픽 유치 투표에서 단판으로 승부가 가려진 것은 이번이 7번째라고 한다. 공교롭게도 투표를 치르기 전에 뽑은 '7'이라는 숫자가 역시 행운의 숫자였다. 이어 실시된 전자 투표는 3분도 채 안 걸렸고, 로게 위원장이 "2차 투표는 없다."고 선언했을 때 '평창'의 승리라고 예감을 한 것은 필자만이 아닐 것이다. 또한, 7월 7일을 시작하는 시각이고, 우리나라가 7번이었고, 7번째라니 우연이라고 하기는 신기하다.

　평창 유치로 우리가 내세웠던 슬로건처럼 '새로운 지평'을 열어주길 바란다. 이번 유치 성공은 주최 측은 물론 온 국민이 한마음으로 하나로 뭉쳐 함께 뛰어 이룩한 쾌거(快擧)였다. 이렇듯 준비 과정에서도 지방색이니, 여·야당이니 싸우지만 말고. 2018년 2월! 평창 동계올림픽은 우리나라가 부강한 나라로 발돋움하기 위한 절호의 기회다. 우리 모두 한마음 한뜻으로 준비하고, 가장 성공적인 대회로 개최하여 이를 계기로 확실한 선진국이 되어야 할 것이다.

지난 5월 말, 경상남도 일원에서 열렸던 제40회 전국소년체육대회에서 도세가 약하고, 모든 여건이 열악한 충북이 3위를 한 것은 정말 획기적이다. 그것도 2년 연속이나 된다. 이것만 보아도 불가능은 없다는 교훈을 실감할 수 있다.

특히 이번에 평창이 세 번째 도전 만에 유치에 성공하게 된 것은 참으로 위대한 승리이다. 만약 이번에도 실패했다면…….

필자는 1995년에 유공 교원으로 선정되어 독일의 뮌헨에 연수를 다녀왔다. 그때 방문한 어느 초등학교 모습을 잊을 수 없다. 1972년 뮌헨올림픽 때 사용했던 자료들이 잘 진열되어 있었고, 그 학교 교장 선생님은 뮌헨올림픽 자랑을 많이 하였다. 무려 23년 전에 개최되었던 올림픽이었는데도. 우리는 88서울올림픽을 교훈으로 삼고 있는지? 그래서 이번 유치 경쟁 때 솔직히 뮌헨이 두려웠다. 이런 저력 있는 뮌헨을 이겼으니 우리 민족이 더욱 위대하다. 단합만 된다면 세계 어느 나라와 경쟁해도 이길 수 있는 위대한 저력의 민족이다. 이념과 지방색 등으로 분열되어 국력을 낭비하지 않고, 비전을 가지고 평창올림픽 유치를 성공한 것처럼 국익을 우선하여 한마음으로 뭉쳐 뛴다면.

-"김진웅 칼럼" 〈충청일보〉, 2011년 7월 22일

교육을 바로
세워야 한다

몇 년 전부터 "교권이 추락한다." "교실이 무너진다." 등의 한숨이 쏟아지고, 이런 사례들이 범람하고 있다. 체벌 문제, 학생 인권 조례 문제, 교권 문제, 학교 폭력 등 참담하고 걱정스러운 일들이 비일비재하다 보니 만성이 되어 안전 불감증에 빠진 듯하다. 얼마 전부터 모 일간지에 연재되고 있는 기획 특집인 '교실이 무너진다.'라는 기사를 읽으며 경악을 금치 못했고, 이대로는 안 된다는 걱정에 몇 가지 사례를 보며 함께 고민해 본다.

어느 일간지를 보니, 서울의 한 초등학교에서 6학년 수업 시간에 친구와 떠드는 학생을 꾸짖었다가 "씨×" "병신 같은 ×"이라는 욕을 들었고, 체육 시간에 선생님이 운동장에 하얀 선을 그리자

학생 몇 명이 뒤를 따라오며 선을 지우기에 타이르니 "뭐 어때?"
하고 계속 지웠다니 말문이 막힌다.

경기도의 어느 중학교 2학년 교실에서는 수업 중 책상 위에 엎
드려 자는 학생을 타이르자 몸을 일으키며 "왜 그러는데? 내가
언제 잤다고? 엎드려 있는 것도 안 되나?"라고 하며 다시 책상에
엎드렸고, 전북의 한 중학교 교사는 1학년 학생이 수업 중에 딴
짓을 하며 떠들자 지적했다가 머리를 세 차례나 맞았으며, 경기도
의 한 중학교에서도 최근 잘못한 학생을 지도했다가 "씨×" "니가
뭔데" 등 욕설을 듣는 등 너무나 충격적인 사례들이 많다. 또한,
경기도 어느 중학교에서 수업 중 라이터로 종이에 불을 붙이기까
지 하는데도 학생 인권 조례 때문에 소지품 검사도 제대로 못하고
있다니! 소지품 검사를 하려면 학생 동의를 받아야 하니, 위험한
물건을 지참하는 것도 막기가 힘들 정도라고 한다. 이에 걱정이
앞서고, 소름이 끼친다.

지난 토요일 저녁, 장마와 제5호 태풍 '메아리' 소식이 궁금
하여 9시 뉴스를 보다가 너무 놀랐다. 태풍 피해만큼이나 무서
운 교실 장면이었다. 공부는 뒷전이고 수업 중에 선생님 몰래 나
쁜 행동을 하고, 최신 핸드폰으로 영상통화까지 하는 학생도 있
다……. 선생님이 쳐다보면 책으로 잠깐 가리다가 또 계속하고,
주의를 주어도 듣지도 않는다. 이런 일부 학생들 인권만 중요하
고, 성실하게 열심히 학업에 열중하는 다수의 학습권은 누가 보
호하고 보상해야 할까? 어쩌다 이 지경까지 되었나! 교육자의 한

사람으로서 책임을 통감하며 해법을 고심해 본다.

　이대로는 안 된다. '교실이 무너진다.'라는 말이 나올 정도로 통제 불능에 빠진 수업 풍토를 하루속히 바로잡아야 한다. 일부 학생의 이야기이겠지만 공부는 학원에서, 잠은 학교에서 잔다고 하고, 학교에서는 체벌이고 학원에서는 체벌이 아니라니!

　간접 체벌조차 어렵고, 마뜩잖다고 방치하거나 생활 지도를 포기하면 더 이상 남의 일이 아니다. 앞으로 무슨 일이 일어날지 알 수 없다. 국가의 미래를 걱정하지 않을 수 없다. 이런 병폐가 다행히 아직은 일부에서 있는 일이지만, 지난 해 무서웠던 구제역처럼 전국을 강타하고 우리 고장까지 오염되고 전염되기 전에 단호한 대처를 해야 한다.

　나라의 미래는 교육과 청소년들에게 달려 있다. 교권 회복과 건강하고 바람직한 학교 분위기 조성을 위해 교육 당국에서 근본적인 대책을 내놓아야 하고, 교직원들과 학부모를 비롯한 온 국민들의 심각한 고민과 관심과 대처가 절실히 필요한 때이다. "교육 백년대계"라는 말이 아니더라도, 우리가 이만큼 잘살고 있는 것은 교육의 힘이다. 이렇듯 부존자원이 없는 우리가 전쟁 상황 같은 냉엄한 국제사회에서 낙오되지 않고 더욱 막강하게 발전하려면 교육을 바로 세우지 않고는 아무 것도 기약할 수 없을 것이다.

- "충청시론" 〈충청일보〉, 2011년 7월 1일

한글날의
교훈

　제565돌 한글날이었던 10월 9일! 다른 국경일보다도 태극기를 게양한 가정이 많지 않아 안타까웠다. 한글날은 한글의 우수성을 널리 알리고, 세종대왕의 성덕과 위업을 추모하기 위한 기념일인데도…….

　지금의 한글날은 1940년 '훈민정음' 원본을 발견하여 그 말문(末文)에 적힌 '정통십일년구월상한(正統十一年九月上澣)'에 뿌리를 두었다. 정통 11년은 세종 28년 병인에 해당하고, '상한'은 곧 '상순'이니 9월 10일을 반포일이라 할 만하다. 이를 양력으로 환산하면 10월 9일이 되니, 1940년에 조선어학회(한글학회)에서 한글날을 10월 9일로 고쳐 정하였다고 한다.

　세계기록유산은 유네스코(UNESCO)에서 기록물에 대해 제정하는 문화유산이다. 우리나라는 훈민정음을 비롯하여 직지심체요절, 동의보감 등 9가지가 선정되어 있다. 한글의 과학성과 우수성을 세계로부터 인정받은 것이다.

또한, 유네스코에 '세종대왕상'이 있어 우리를 기쁘게 하고 있다. 세종대왕상은 우리 정부 지원으로 1989년에 제정돼 1990년부터 시상해오고 있는, 유엔 산하의 유네스코가 제정한 상으로 정식 이름은 '세종대왕 문맹퇴치상(King Sejong Literacy Prize)'이다.

한글 창제에 담긴 숭고한 세종대왕의 정신을 기리고, 전 세계에서 문맹을 퇴치하기 위하여 헌신하는 개인, 단체, 기관들의 노력을 격려하며 그 정신을 드높이기 위해 제정되었다는데, 이 상을 왜 세종대왕이라는 이름을 따서 붙인 것인가 무척 궁금하였다. 아마 세종이 만든 한글이 그만큼 배우기가 쉬워서 문맹자를 없애는 글이라는 사실을 세계가 인정했기 때문일 것이다.

그리고 '훈민정음'(정확히는 '훈민정음해례본')이 서울 남대문, 법주사 팔상전, 용두사지 철당간 등처럼 국보 중 하나이며, 1962년에 제70호로 지정될 정도로 무척 소중한 것이라는 것도 새롭게 알았다.

이와 같이 세계에서도 인정한 빼어난 자랑스러운 한글이다. 그런데도 우리는 부끄럽게도 한글을 경시하고 홀대하고 있지는 않았을까?

우선 범람하는 외래어이다. 그 예로 어느 TV의 아침 방송인

〈1분 피트니스〉란 것을 보고, 무슨 뜻인지 도무지 몰라 찾아보니 'fitness'는 '건강함'이란 뜻이고, 피트니스클럽은 헬스클럽(health club)과 같은 말이라고 하는데 굳이 피트니스라고 해야 하는 까닭을 묻고 싶다.

아파트 이름은 어떠한가? 어떤 이름은 대학원까지 졸업한 필자도 무슨 뜻인지 알 수 없는 것도 있다. 그래서 새살림 차려 나간 며느리 집을 연로하신 시어머니가 쉽사리 찾아오지 못하게 하느라 그렇게 한다는 말까지 있는데 그냥 웃자고 하는 말장난으로 웃어넘길 수 있을까? 그래야 더 품위가 있고, 분양이 잘 될까? 참으로 한심한 생각마저 든다.

또한, 청소년들이 하는 말은 어떠한가? 한국교총과 EBS교육방송에 의하면, 1명당 평균 75초에 한 번, 1시간에 49회의 욕설을 한다니 심각한 수준이다.

가장 위대한 문자인 한글을 아름답게 가꾸고 사랑하고, 우리말도 바르고 곱게 사용해야 할 것이다. 우리 민족의 최대의 유산은 바로 자랑스러운 한글과 우리말임을 잊지 말고, 아름답고 으뜸가는 한글과 우리말을 국민 모두 소중히 사랑하고, 자랑스럽게 여겨야 더욱 선진 국민이 될 것이다. 이로써 세계 속에서도 인정받고, 당당해지며 국력도 더욱 강하게 할 수 있을 것이라고 한글이 가르쳐 주고 있다.

- "김진웅 칼럼" 〈충청일보〉, 2011년 10월 20일

* 그 후, 그 TV의 아침 방송을 보니, 언제부터인지 〈1분 피트 니스〉가 〈1분 튼튼 건강〉으로 바뀐 것을 알았습니다. '혹시 방송 국에서 필자의 글을 보고 프로그램 제목을 바꾼 것은 아닐까?'하 는 생각도 하여 보았답니다.

　〈1분 튼튼 건강〉! 〈1분 피트니스〉보다 참으로 바르고 고운, 우 리 마음에 쏙 드는 제목입니다.

호국 보훈의 달

　요즈음 학교마다 기관마다 '호국 보훈의 달'에 관련한 현수막이 걸려 있고, 갖가지 추념 행사가 열리고 있다. 필자가 근무하고 있는 학교에서도 순국선열과 호국 영령의 숭고한 희생정신을 기리고, 나라 사랑 정신을 계승하는 태도를 기르기 위하여 청주교육지원청과 보훈청의 공문을 바탕으로 학교 자체 계획을 세워 계기교육을 하며 지도를 하고 있다.

　호국 보훈의 달을 세 단계로 구분하여 구체적으로 추진하였다. 추모의 기간(6월 1일~10일)에는 현충일을 전후로 경건하고 숙연한 추모 분위기를 조성함으로써 현충일의 의의(意義) 및 호국·보훈의 참뜻을 되새기도록 교문에 현수막을 게시하고, 중앙 현관에 보훈 표어가 게시된 입간판을 세우고, 외부강사 초청 안보 교육을 실시하여 호국 보훈을 되새기게 하였다.

현충일 아침에 조기(弔旗)를 게양할 수 있도록 태극기를 준비하였다가 조기를 달고, 10시에 추념식을 시청하며 묵념도 하고, 현충일의 의미를 알며 나라 사랑하는 마음을 가다듬을 수 있게 하였다.

몇 년 전 보은의 학교에 근무할 때, 가정에 태극기가 없는 학생들에게 태극기를 무료로 나누어 주며 게양 지도를 한 것을 생각하니 학교장으로서 매우 잘한 일 중의 하나라고 여겨진다.

감사의 기간(6월 11일~20일)에는 나라를 위해 헌신한 순국선열 및 호국 영령 등 국가 유공자에 대한 존경과 감사하는 마음을 갖도록 교내 글짓기 대회와 그리기 대회를 개최하고, 시상을 하며 격려하여 주었다.

화합과 단결의 기간(6월 21일~30일)에는 온 국민이 나라 사랑 정신을 국민 화합과 단결로 승화시켜 국민 역량을 결집하자는 기간이다. 호국 보훈 의식 고취 및 6·25 전적지, 사적지 등 현장 체험 교육을 권장하고, 6·25 전쟁에 대한 계기 교육을 실시한다. 지금은 사이버 시대이니 이에 부응하는 사이버 교육을 활용하는 것도 바람직하고 효과적이다. 통일교육원 홈페이지의 통일 교실, 인터넷 통일학교의 통일 교육 지도자료 그리고 우리 충청북도교육청 홈페이지의 교육 과정−창의적 체험활동 지원센터−통일 및 경제 교육 자료실을 활용하면 효과적일 것이다.

또한, KBS TV의 〈남북의 창〉, MBC TV의 〈통일 전망대〉, EBS 교육방송의 〈다시보자, 코리아 코리아!〉도 통일·안보 관련 방송으로 좋은 자료가 되고 마중물이 되리라 여겨진다.

교내 행사 모두 많은 효과가 있었지만, 특히 지난 6월 9일에 운영한 안보 교육은 참으로 시기적절하고, 학생들에게 꼭 필요한 안보 학습이었다.

국가발전미래교육연합회 충북지회인 이중재 사무처장이 '대한민국 안보 100년'이란 주제로 강의하였는데, 안보, 6·25 전쟁, 북한의 도발 등에 대하여 생생하게 들려주었다. 6·25 전쟁 때 휴전선을 경계로 남과 북이 나누어져 지금까지도 휴전 상태가 계속되고 있는 슬픈 역사를 잊지 말아야 하겠다.

그 후 북한은 60년 가까이 휴전 협정을 위반하고 끊임없이 무력 도발을 계속해 왔다. 심지어 지난 해 3월 26일 천안함을 폭침시킨 것도 모자라 그 후 연평도에 포격을 한 그들도 과연 동족(同族)이란 말인가!

필자는 지난 6월초 평택 해군 제2함대로 학교장 연수를 다녀왔다. 말로만 듣던 두 동강이 난 부서진 천안함을 보고 경악을 금치 못했다. 전장 88m, 전폭 10m, 승무원 100명 정도 타는 거대한 초계함에 생쥐처럼 몰래 어뢰를 투입하여 46명의 꽃다운 용사들의 목숨을 앗아가는 등의 만행을 저질렀다니 울분을 금할 수 없다.

호국 보훈의 달인 6월을 계기로 나라를 지키다가 희생된 분들을 추모하고, 감사하며 온 국민이 나라를 사랑하는 한마음 한뜻으로 뭉쳐, 앞으로도 또 있을 수 있는 그들의 도발을 막고, 미리 방지할 수 있는 막강한 힘을 길러야 할 것이다.

- "충청시론" 〈충청일보〉, 2011년 6월 17일

나라꽃
무궁화

　여름 방학 중이지만 우리 학교는 여러 부서의 방과후학교가 운영되고, 항상 도서관이 개방되어 희망하는 어린이들과 학부모님도 좋은 책을 읽으며 무더위를 이기고 있다. 빠른 속도로 한반도에 접근하는 제4호 태풍 '덴무(DIANMU)'의 영향으로 금방이라도 비가 올 것 같은 날씨였다. 현관 앞에서 어린이들이 하교를 하는 모습을 보고 있을 때, "저 꽃 좀 봐. 참 예쁘다."하는 말에 바라보니 어린이들이 현관 옆 교정(校庭)에 피어 있는 무궁화를 보고 환호하고 있었다. 그렇지 않아도 조금 전까지 우람한 무궁화를 보고 생각에 잠겼었다. 족히 20년 이상은 된 나무가 학교를 지켜주는 듯하고 우리나라의 무궁한 발전을 기원하는 듯해서 감명을 받았는데, 귀염둥이 꿈나무들도 무궁화를 보고 좋아하는 것을 보니 무척 기쁘고 대견스러웠다.

어린이들이 참새 떼처럼 즐겁게 이야기하며 지나간 뒤에 필자는 발걸음을 옮겼다. 외부 환경을 자세히 살펴보기 위해서였다. 부임한 지 한 학기밖에 되지 않았고, 바쁘다는 핑계로 차일피일 미루다 제대로 파악하지 못했다. 현관 옆에는 커다란 무궁화나무가 자랑스럽게 서 있지만 교정의 다른 곳엔 별로 없다. 학교 개교 때부터 심은 소나무들만 어우러져 있고, 무궁화는 부끄럽게도 담장 옆에 어린 나무 한두 그루가 외롭게 서 있을 뿐이다. 학교 옆 꽃재공원에도 마찬가지다. 학교 정원은 아니지만 바로 옆에 붙어 있어서 어린이들은 공원이 우리 학교인 줄 알고 있는 듯하다. 내년 봄에는 교직원들과 협의하여 교정에 나라꽃 무궁화를 많이 심어야 하겠다.

우리 고장 미원에 있는 미동산수목원에 무궁화동산이 잘 조성되어 있어 주말에 찾아가 관람을 하였다. 수목원뿐 아니라 학교에도, 관공서에도, 가정에도 무궁화를 정성껏 심고 가꾸면 좋겠다. 보은에서 근무할 때, 필자의 지도를 받은 학생이 바로 미동산수목원에서 주최한 '무궁화 사랑 어린이 글짓기 공모전'에서 영예의 대상을 수상한 자랑스러운 일도 생각났다. 혹시나 하고 인터넷에서 찾아보니, 보은신문—898호, 2008년 08월 22일(금)—에 아름다운 무궁화 모습과 함께 그 학생의 사진 그리고 수상작이 지금도 실려 있어 무척 신기하고 가슴 벅찼다.

또한, 문득 신문에서 아름다운 무궁화 모습을 본 생각이 났다. 바로 태안천리포수목원에 조성된 무궁화동산이었다. 형형색색의 다양한 무궁화가 만발해 눈길을 끌고 있었다. 그 수목원에는 전 세계 300여 종의 무궁화 중 250여 종이 전시·관리되고 있다고 한다. 무궁화 품종이 많을 것이라는 생각은 했지만 이렇게 많은 줄 몰랐다. 무궁화는 한 그루에 1,000송이 정도의 꽃이 피는데 많은 경우는 3,000송이도 핀다고 하니 그저 놀라울 뿐이다. 우리 학교는 물론 전국 방방곡곡(坊坊曲曲) 어디에서나 이런 무궁화의 위용을 보고 싶다.

지난 일요일은 광복 65주년 광복절이었다. 민족의 독립과 광복이 있기까지 목숨까지 바친 희생과 말로 형언할 수 없는 민족의 고난과 수난이 있었다는 사실을 잊어서는 안 될 것이다.

간 나오토(菅直人) 일본 총리는 한일 강제 병합 100년을 맞아 지난 주 10일,

"식민지 지배가 가져온 다대한 손해와 고통에 대해 다시 한 번 통절한 반성과 마음으로부터의 사죄를 표명한다."는 내용의 담화를 발표했다. 간 총리는 "한국인들은 그 뜻에 반(反)하여 이뤄진 식민지 지배에 의해 국가와 문화를 빼앗기고, 민족의 자긍심에 깊은 상처를 입었다."고 밝혔듯이, 나라 잃은 우리가 노예 같은 생활을 하며 우리말·우리글까지 말살당할 때, 태극기는 물론 나라꽃 무궁화까지도 온갖 압박과 설움을 받았던 생각을 하면 우리

겨레의 상징인 무궁화를 많이 심고 가꾸어 '무궁화 삼천리'가 되도록 온 국민이 관심을 갖고 노력해야 할 것이다. 그러나 유감스럽게도 몇 십 년 전보다도 무궁화 가꾸기를 소홀히 하고 있다. 광복 65주년을 맞은 지금부터라도 도로가나 공원 등 방방곡곡에 무궁화동산을 잘 조성하여 나라 사랑의 원동력이 되도록 하여야 하겠다고 교정에 만발한 자랑스러운 무궁화를 보면서 주장하여 본다.

- "김진웅 칼럼" 〈충청일보〉, 2010년 8월 18일

발해 유적지를
찾아서

　얼마 전, 필자가 근무하는 본교와 자매결연을 한 중국 발해진 강서 조선족 소학교를 방문하였다. 민족의 얼과 전통문화 계승을 위한 교육·문화 행사를 하고, 인근에 있는 발해 유적지를 탐방하는 소중한 기회를 가질 수 있었다.

　고등학교 때인가 국사 교과서에 약간 나와 있던, 말로만 듣던 중국 흑룡강성 녕안시 동경성에 있는 상경용천부의 왕궁 유적을 살펴보았다. 발해의 제3대 문왕이 755년 중경현덕부에서 이곳으로 천도하여, 그 후 잠깐 동경용원부로 옮긴 기간(785~794)을 제외하고는 발해가 멸망할 때까지 170여 년 동안 발해의 도읍지로 번성한 곳이라고 한다.

입구에 있는 표지판에 그려진 안내 지도를 보니, '동해'가 '일본해'로 씌어 있었다. 자세히 보니 '日本海'란 글씨를 무엇으로 앞의 두 자를 문질러 살짝 지우고 '東'자를 써 '東海'로 바꾼 것이다. 표지판에 낙서를 하는 것은 좋지 않겠지만, 누군가 나처럼 분개하여 고친 것이라 생각하니 위안되었다. 중국도 우리나라처럼 일본의 침략을 받고 시달린 나라인데도……. 우리 정부 차원에서 세계 곳곳에 잘못된 이런 지도와 표기를 적극 조사하고, 홍보하여 시정시켜야 하여야 하겠다.

이곳 상경용천부에는 성터와 왕궁터가 남아 있다. 광활한 만주 벌판에서 '잊힌 제국'을 발견하는 큰 기대를 하였는데 너무 실망하였다. 소중한 왕궁터에 밭을 일구어 농사를 짓던 흔적이 역력하였다. 조선족인 가이드의 설명을 들으니 중국 정부는 몇 십 년 전까지는 자기 나라 역사가 아니라고 방치하다가, 중국 역사로 조작하는 동북공정과 역사 수정공정의 일환으로 다시 복원한다고 하니 울분을 금할 수 없었다. 근래 대발해국의 수도였다는 것을 증명해 주는 유적과 유물들이 많이 발굴되어 햇빛을 보고 있었다. 필자 일행이 살펴보는 동안에도 중국 사람들이 발굴을 하고 있어, 사진을 찍으려고 가까이 가니 허용되지 않았다. 왕궁터에는 화강암으로 된 거대한 주춧돌, 궁성에서 음용수로 사용하던 우물로 '팔각석정'이라고 하는 팔보류리정, 발해 기와의 특징인 압날문(손으로 끝을 누른 모양) 기와 더미, 성곽의 일부 등이 궁궐이 있던 곳임을 말해 주고 있었다. 언제 심은 버드나무인지 줄을 지어 늘어서서 중국 정부의 동북공정 사업으로 크게 훼손되어 가고 있는 현장을 바라보고 있었다. 허전한 마음을 달래며 다녀온 기념이 될까 해서 1,200여 년이나 된 '해동성국'의 기와 조각 하나를 가지고 왔다.

다음으로 상경용천부 유적 부근에 있는 홍륭사에 갔다. 원래는 '석불사(石佛寺)'라는 발해 시대에 세워진 절이었으나 발해 멸망 후 오랜 세월 기초만 남아 있었던 것을 청나라 때 그 기초 위에 전각을 재건하였다고 한다. 특히 발해 시대에 세워진 높이 약 6.3m의 현무암으로 만들어진 석등은 국내의 다른 석등과는 비교가 되지 않을 정도로 거대한 크기에 기둥돌 아래위로 새겨진 연꽃무늬 받침돌과 여덟 개로 된 등실의 정교한 조각에 놀랐다. 연꽃무늬는 강하고 힘차, 고구려 미술을 계승하고 있다는 것을 보여 주고 있었다. 뒤편의 대웅보전을 비롯한 전각들은 발해 유적을 전시하고 있는 박물관이라서 여러 유물을 관람하며 찬란했던 발해의 숨결을 느껴 보았다.

며칠이지만 드넓은 만주 벌판과 한반도 북부를 호령한 고구려와 발해인의 기상을 느끼며 가도 가도 지평선만 보이는 발해 땅의 일부를 다녀 보았다. 이 땅이 오늘날까지 우리 영토로 계승되었으면 우리도 광활한 영토를 가진 더욱 막강한 대한민국이 되었을 것이라는 꿈같고도 행복한 상상을 하여 보았다.

– "김진웅 칼럼" 〈충청일보〉, 2010년 9월 8일

민족의 영산
백두산

　금년 8월 15일은 광복 65주년이 되는 뜻깊은 광복절이다. 그리고 일제에 국권을 침탈당한 지 100년이 되는 해라서 더욱 우리의 염원을 생각하게 하는 8월이다. 이러한 의미 깊은 시기에 마침 우리 민족의 영산 백두산을 갈 수 있는 기회가 생겨 무척 기뻤다.

　이도백하에서 출발할 때부터 안타까움의 연속이었다. 북한 관할도 아니고, 중국 영향권의 관광지였다. 어렵게 백두산을 왔는데 그 이름은 없고 '백두산'이 아닌 '장백산'으로 중국 관광의 명소가 되어 버린 것이다. 마치 오래 전에 가 본 프랑스의 에펠탑이 생각날 정도로 몇 백 미터나 이어지는 관광객이 부럽다 못해 화가 날 정도였다. 더욱 슬픈 현실은 많은 비중을 차지하고 있는 사람들이 우리나라 사람이었다. 최근 금강산 관광도 중단된 상황에

북한 땅을 경유한 백두산 관광은 생각조차 못할 현실이지만 모두 분단으로 초래된 우리의 비극이다. 인천공항에서 대한항공을 타고 약 1시간 40분 정도 걸려 목단강공항으로 올 때도 서해로 나가 중국영공으로 비행하는 관계로 거의 곱절 정도 우회하는 것 같았다.

이도백하에서 셔틀버스를 타고 가는 길 양쪽에는 자작나무숲이 장관이었다. 도로만 뚫려 있는 산악 도로에는 가로수 역할도, 가드레일 역할도 모두 자작나무숲이 하고 있는 듯 했다. 백두산을 오르는 도로는 생각보다 경사가 완만해 보였다. 얼마를 달려 중간 환승장에서 내려 6인승 지프차로 천문봉 쪽으로 달렸다. 겨우 2대가 교행할 수 있을 정도로 도로는 비좁았고, 아스팔트도 시멘트도 아닌 대부분 콘크리트 블록으로 포장을 하여 승차감 역시 매우 좋지 않아, 굽은 도로를 달릴 때마다 요동을 쳤다. 엉덩이가 떠오를 정도로 심하게 덜컹거리며 공포의 폭주를 하는 사이에도 차창 밖으로 보이는 경치를 살펴보았다. 아래쪽엔 난생 처음 보는 고산 식물도 있었지만 올라갈수록 점점 식물은 없었고 척박한 흙과 바위뿐이었다. 장백폭포 옆에 터널 및 계단으로 올라가는 길이 있긴 하지만, 얼마 전에 일어난 산사태로 장백폭포 방향이 통제되고 있다고 했다.

드디어 정상 주차장에 도착하였다. 강인하다고 하는 잡초 한 포기 발견할 수 없고, 화산의 잔재들만 널려 있었다. 백두산 천지가 조금씩 모습을 드러냈다. 아주 다행으로 날씨가 무척 좋았다.

그날처럼 날씨가 좋은 날은 일 년을 통틀어도 얼마 되지 않는다고 한다. 아래에서는 날씨가 좋아 보이는 날에도 천지 부근에 오르면 구름이나 안개가 가려져 잘 볼 수 없다는 이야기를 듣고 우리는 행운이라고 환호하였다. 깎아지른 절벽과 기암들로 둘러싸인 천지는 내가 상상했던 것보다 훨씬 광활하였으며, 말이나 글로 표현할 수 없을 정도로 신비로웠다. 쪽빛이라고 해야 할 지 옥빛이라고 해야 할 지……. 이 세상 무엇보다도 아름답고, 신비롭고, 장엄한 것이 바로 천지라는 감회에 탄성을 지르지 않을 사람이 없을 것 같다.

내가 가지고 간 카메라로는 도저히 천지를 담을 수 없었다. 할 수 없이 현지 사진사에게 몇 장면 사진 촬영을 부탁하였다. 그리고 삼삼오오 짝을 이루기도 하고, 단체사진도 개인사진도 찍으며 처음으로 접하는 백두산 천지의 경치에 흠뻑 취했다. 미흡하나마 안전시설은 있었지만 사진을 찍을 때 각별한 조심을 하는 것도 잊지 않았다. 맞은편 절벽이 가물가물하게 보이고, 상하로 하얀 선이 그어져 있었다. 중국과 북한 땅의 경계라는 말을 들으니 또 가슴이 아파왔다. "동해물과 백두산이……"애국가 첫머리에도 나오는 백두산의 일부도 중국에게 빼앗겼단 말인가! 일제에게 강점을 당하고 35년 만에 해방은 되었지만 남과 북으로 분단되고, 6·25 전쟁이 일어나고……. 분단의 비극이 백두산 천지에도 아직 남아 있지 않는가! 만약 광복 후 분단만 되지 않았어도 백두산까지 중국 영향권으로 되지는 않았을 것이다. 북한은 개방을 안해서인지 가난 때문인지 민족의 영산(靈山) 백두산 관광마저 중국에게 빼앗긴 것 같다.

하루속히 우리의 국력을 키워 평화 통일을 하고 장백산으로 불리는 우리 민족의 영산 백두산도 찾아 민족의 정기를 찾고, 세계적인 관광지가 되었으면 하는 소망을 백두산 천지에서 간절하게 기원하여 보았다.

- "김진웅 칼럼" 〈충청일보〉, 2010년 8월 25일

천혜의 비경
울릉도, 독도

　며칠 전 유난히도 무더위가 기승을 부리던 날, 꿈에 그려 보던 울릉도와 독도를 다녀올 기회가 있었다. 울릉도행 배의 출항 시각 때문에 청주에서 새벽 4시에 출발을 하였다. 8시쯤 포항에 도착하여 아침 식사를 하고 9시 40분발 배를 탔다. 승선 인원이 920 명이나 되는 '썬플라워호'였다. 친절하게 안내하고 항상 웃으며 성심성의껏 우리를 대해 주는 ○○○관광 정상옥 대표와 직원 덕분에 일상생활의 스트레스를 풀고 충전을 할 수 있어 진한 감동을 받았다. 3시간 만에 울릉도에 도착하여 숙소에 짐을 풀고, 식사 후 육로 관광에 들어갔다.

　울릉도 토박이라는 관광기사의 안내는 구수하고, 정감이 넘쳤다. 약 20년 전에 와 본 곳인데도 해설이 생소하게 들리며 마치 처음 와 본 곳 같았다. 울릉도의 관문인 도동항, 독도박물관, 저동항, 촛대바위, 원시림 속의 봉래폭포, 바다거북이의 통구미, 우산국 우해왕의 전설 사자바위, 처음 타 본 태하향목 모노레일, 나리분지, 무릉도원 해안산책로……. 어쩌면 이렇게도 바람과 파도가 절묘하게 잘 빚었을까! 가는 곳마다 천혜의 비경과 태고의 신비를 간직한 한 폭의 풍경화였다. 울끈불끈 치솟은 암벽과 울창한 원시림, 눈이 부시도록 푸르디푸른 바다! 이 폭염에 울릉도에선 흘러내리는 땀방울조차 감미롭다. 뜨거운 햇살은 파도와 부딪히며 산산이 조각나고, 푸른 바다에 두 발을 담그면 삼복더위도 스트레스도 온데간데없이 달아나고, 자칫 초록빛 물이 드는 줄 알았다. 어디가 바다이며 어디가 하늘인지 도대체 알 수 없다. 온통 쪽빛뿐이다. 그런데 왜 해외로 해외로만 장사진을 치고, 방한하는 외국인들은 그렇게도 적을까?

이튿날 드디어 독도로 향했다. 정원이 445명인 '오션플라워호'는 태극기 휘날리며 위용도 당당하게 독도로 갔다. 울릉도도 좋지만 독도를 꼭 오고 싶어 이번에 큰 기대를 하며 오게 되었다. 바다 날씨도 좋아 동도에 약 20분 동안 접안을 하는 행운이 왔다. 계단도 올라가고 싶었고, 배를 타고 일주도 하고 싶었지만 욕심이었다. 경비 대원의 제재가 야속하기도 했지만 보안상·안전상 어쩔 수 없을 것 같다. 지금까지 동도와 서도만 알았는데 독도는 외로운 섬이 아니었다. 쪽빛 바다에 멋진 형상을 뽐내고 있는 주위의 부속 섬들이 89개나 된다고 한다. 동도의 악어바위, 숫돌바위, 독립문바위, 한반도바위 그리고 서도의 김성도·김신열 씨 부부가 살고 있는 주민 숙소, 코끼리바위, 괭이갈매기 등 사람의 흔적이 묻지 않은 절로 탄성을 자아내게 하는 태고의 모습, 천혜의 비경을 감상하면서도 착잡하였다.

독도는 역사적으로나 지리적으로나 엄연한 우리의 소중한 영토이자 자산이다. 커다란 바위에 선명하게 새겨진 '韓國領'과 '한반도바위'도 스스로 우리 땅임을 나타내고 있는데 일본은 독도를 강탈하려고 한다. 그들의 도발은 아주 치밀하고 계산적이다. '다케시마의 날'을 제정하고 교과서를 통하여 자라나는 세대에까지 각인시키고 있다. 천안함 사태, 세종시, 4대강 등을 놓고 우리가 분열되고 국력을 소모할 때, 더욱 마수를 뻗치지만 우리는 서로 싸우고 있다.

이제 더 이상 이런 우(愚)를 범하지 말아야 한다. 이 위기 상황을 냉철하고 철저하게 인식하고, 온 국민이 단호히 대처하여야 한다. 이사부, 안용복, 홍순칠과 독도의용수비대 등 목숨 걸고 지킨 분들의 얼을 이어받아 이 땅을 사수해야 한다고 대한민국의 동단 독도에서 거듭 깨달았다.

– "김진웅 칼럼" 〈충청일보〉, 2010년 8월 11일

조선족
소학교

지난여름, 방학을 활용하여 중국 흑룡강성 녕안시를 다녀왔
다. 우리 학교와 자매결연한 강서 조선족 소학교를 방문하기 위해
서였다. 출발하는 날은 마침 제65주년 광복절이어서 더욱 뜻깊었
지만, 새벽에 출발할 때 앞이 보이지 않을 정도로 폭우가 쏟아져
무척 어려웠다. 천신만고 끝에 인천공항에 가서 중국 목단강공항
으로 가는 대한항공을 타게 되었다. 서해로 나가 중국영공을 날
아 비행을 하는 것이 무척 안타까웠다. 북한 상공으로 비행하면
훨씬 가깝게 빨리 갈 수 있겠지만, 100년 전 일제의 국권 침탈로
초래된 분단의 비극은 아직도 안타까운 현실로 남아 있었다.

드디어 녕안시에 도착하여 조선족 학교 방문을 하였다. 성금과

학생들에게 줄 선물을 안상룡 교장 선생님께 전달을 하니, 학교 발전에 많은 도움이 될 것이라고 기뻐하시는 교장 선생님의 모습에 온갖 어려움과 피로가 한꺼번에 사라지는 것 같았다. 안 교장 선생님은 따뜻한 환영 말씀을 하며 '자랑스러운 조선인' 기념패를 주었다. 공통된 한민족 동족애로 번영·계승 발전과 역사·문화 보존을 위하여 공헌을 한 뜻을 기린다는 내용이었다. '자랑스러운 한국인'으로 정정하여 주었으면 좋겠지만 거기서는 '조선족'과 더불어 '조선인'으로 통용되는 듯했다.

학교 시설을 관람하니 현관의 학교 현황, 교직원 소개, 교가 등 모든 게시물과 환경이 우리 한글로 게시되어 있어 무척 반가웠고, 중국이 아닌 우리나라 어느 지방의 학교 같은 느낌을 받았다. 그 학교 부근은 해동성국 발해의 궁궐이 있던 발해진이기에 더욱 감명 깊었다. 학교 곳곳을 순회하며 들은 사연이 가슴 아팠다. 교과서가 없을 때는 북한의 교재로 학생들이 공부를 했다니! 그렇지 않아도 조선족 선생님들의 말씨가 꼭 TV의 〈남북의 창〉에 나오는 북한의 말씨 같은 느낌을 받았는데……

또 한 가지 깜짝 놀란 것은 화장실이었다. 학교 본관에 함께 있지 않고 별도 건물에 있었다. 출입문도 없는 속칭 '푸세식'이라서 파리가 날고, 악취가 진동하였다. 필자의 초등학교 졸업 무렵인 60년대 초의 화장실만도 못하였다. 풍요롭게 사는 우리 국민과 훌륭한 학교에서 공부하는 우리 학생들은 국가의 고마움을 알고, 국력 배양에 더욱 매진하여야 하겠다.

그 때 중국은 큰 수해로 인명 피해를 많이 입어 애도의 기간이었다. 이에 준비를 많이 했다는 환영 공연은 볼 수 없었지만, 어린이들이 한복을 곱게 차려입고 펼치는 부채춤 정도는 볼 수 있었다. 마치 우리의 운동회나 학습발표회 때 하는 부채춤 같아서 가슴이 뭉클하였다. 앞으로 될 수 있으면 녕안시 강서 조선족 소학교와 서로 효과적이고, 발전적인 자매결연 활동을 하고 싶다.

학교 환경은 열악하고 학교 운영에 많은 어려움이 있지만, 거대한 중국 속에서 소수 민족의 하나로 온갖 설움을 극복하며 우리 한민족(韓民族)의 얼, 말, 글, 문화, 풍습 등을 지키면서 굳세게 살아가는 모습에 큰 감명을 받았다. 연길시에는 대부분 한글 간판이었고, 북한 방송은 나오지 않지만 우리 주요 TV 방송이 생방송으로 모두 나와 국내 소식을 속속들이 알고 있을 정도였다. 그들은 우리 국력이 더욱 막강해지고, 하나로 뭉쳐 평화 통일이 속히 되기를 염원하고 있었다.

며칠간이지만 조선족의 모습과 조선족 소학교를 둘러보니 말로 형언하지 못할 자랑스러운 민족혼의 긍지와 함께 안타까운 현실에, 앞으로 우리의 과제 또한 많다는 것을 절실히 느꼈다.

- "김진웅 칼럼" 〈충청일보〉, 2010년 9월 1일

일본 규슈九州를
다녀와서 1

  우리 민족의 큰 명절인 설을 앞두고 송구영신(送舊迎新)하는 마음으로, 온천으로 유명한 규슈 지방을 다녀왔다. 일본 여행은 처음이고, '외국'하면 비행기만 타는 줄 알았는데 부산과 후쿠오카(福岡)를 오가는 뉴 카멜리아(New Camellia)를 이용하니 더욱 색달랐다. 2만 톤에 가깝고 길이가 170m, 폭이 24m나 되는 '바다에 떠 있는 거대한 호텔'에서 아늑한 시간을 가질 수 있어 비행기와는 매우 대조적이었다.

  밤 10시 30분에 부산을 출발하여 이튿날 6시 30분쯤 일본 하카다항에 도착했다. 선내에서 아침 식사를 하고, 입국 수속을 밟았다. 다른 나라와는 유별나게 양손 검지의 지문을 찍을 때는 좀 불쾌하였다.

우리나라도 '금수강산'이라 일컫듯이 경치 좋고, 우수한 점이 많지만 일본 또한 풍광이 특색 있을뿐더러 배울 점도 많았다.

규슈 지방은 일본 열도를 이루는 네 개의 섬 중에서 가장 남쪽에 위치한 섬으로 우리나라와 거리가 가장 가깝고, 온난한 기후와 아름다운 자연경관, 일본 최초의 문명을 꽃피운 역사의 요람이라 관광객이 끊이지 않는다. 60% 이상이 우리나라 관광객이며 예부터 우리 선조들이 현해탄(玄海灘)을 건너 무수히 오가던 곳이라 감회가 깊다.

첫 순서로 오이타현(縣)의 유후인과 벳푸(別府) 관광을 하였다. 장식품과 화분, 인형, 기념품을 팔고 있는 상점들을 구경하며 작은 긴린코 호수를 찾았다. 도로 양쪽으로 온천과 전통문화가 공존하는 평화로운 마을이다. 유후인의 자랑인 긴린코 호수는 바닥에서 온천수와 냉천수가 같이 솟아 나와 항상 물안개가 만들어져 신비로운 분위기가 감돈다. 저녁 때 수면 위로 뛰어오르는 물고기의 비늘이 금가루를 뿌린 것처럼 반짝인다고 해서 '긴린코(金鱗湖)'라 한다. 주위에는 아열대 식물이 자라고, 호수에는 물고기와 오리 떼가 평화롭게 노닌다. 오리는 우리 것보다 몸집이 더 커 보였다. 나무, 물고기, 오리도 모두 좋은 관광 자원이라는 것을 알았다. 도로, 신사, 공원 등에 쓰레기 하나 볼 수 없는 환경과 질서 있고 친절한 사람들, 똑같이 갖춰 입은 학생들의 반코트와 운동화도 특히 인상 깊다. 무턱대고 외국의 것이 좋고, 우수하다는 것은 결코 아니지만…….

　동양 최대의 온천 휴양지라는 벳푸! 마을 곳곳에서 하얀 연기가 피어오르고, 퀴퀴한 유황 냄새가 온천 지대라고 말해 준다. 마치 필자가 어렸을 때 우리의 농촌에서 모락모락 피어오르던 저녁 연기가 연상된다. 온천의 꽃이라는 유노하라! 화산 연기와 가스, 수증기가 올라오는 곳에 짚으로 된 지붕을 덮어 놓으면 유노하라가 재배되고, 이는 중요무형민속문화재라는 푯말까지 있다. 일본 글씨는 모르지만, 한자로 씌어 있어 알 수 있는 좋은 점도 있었다. '약용 유노하나' 안내판처럼 가는 곳마다 한글도 함께 있어 기분이 좋고 어깨가 으쓱거린다. 족욕, 온천 노천욕을 하면서 피부 질환과 관절염 등에 좋다니 재충전은 물론 어깨 아픈 데까지 치유되리라는 욕심도 부린다.

　일본의 극히 일부분인 규슈! 그것도 며칠간만 보고 일본을 말할 순 없겠지만 나름대로 느낀 바가 많다. 부자 나라이지만 집도 작고 낮으며, 호텔의 방과 식탁 등도 좁고, 거리에는 영업용 차량인 줄 알았던 노란색 번호판을 단 경차가 정말 많다.

　한겨울에 반바지를 입은 초등학생, 여고생의 단정한 반코트와 운동화 등은 우리와 너무 대조적이다. 우리 학생들은 무슨 유명 의류 업체 홍보처럼 값비싼 옷들을 주로 입고 다니는데……. 특히 그들의 청결, 질서, 절약하는 모습, 산림(山林) 경영 등은 부럽고 본받아야 한다는 값진 교훈을 얻은 규슈 체험이다.

희망찬 임진년 새해에 일본 못지않게 우리나라에 좋은 일만 많고, 더욱 강해지고, 우리 모두 복 많이 받고, 만사형통하시기를 기원하여 본다.

- "김진웅 칼럼" 〈충청일보〉, 2012년 1월 27일

일본 규슈九州를
다녀와서 2

　지난 1월 27일 칼럼에 이어 아소산, 구마모토성, 귀국 등을 중심으로 열어 보면, 사가현에 있는 도스의 호텔에서 아침 식사를 하고, 구마모토(熊本)현의 아소산으로 이동하였다. 케이블카를 타고 세계 최대의 칼데라 분화구를 바라볼 수 있는 정상까지 오를 수 있었다. 화산 폭발로 지반이 함몰하여 생긴 사발 모양의 칼데라에는 휴화산인 백두산과 한라산과는 달리, 나카다케 화구가 지금도 연기와 심상치 않은 냄새를 풍기고 있었다. 기상 변화가 심하고, 그날의 유황 분출량 등 상황에 따라 분화구를 못 볼 때도 있다는데 한 번에 가서 볼 수 있어 기뻤다. 분화구 아래쪽 군데군데에 콘크리트로 구축된 대피소도 위험하다는 것을 말해 주고 있었다.

　독도와 백두산을 갈 때도 한 번에 갔는데, 그곳도 한 번에 올라

볼 수 있는 것은 행운이었다. 기슭의 드넓은 초원에는 소떼들이 겨울인데도 한가롭게 해묵은 풀을 뜯고 있었다. 우리의 한우(韓牛)처럼 인정받는 유명한 소라고 한다. 내려오는 길에 차창 밖으로 아소의 신이 쌀을 쌓아 놓은 것이라는 전설이 있는 '고메즈카'라고 하는 미총(米塚)과 광활한 초원이 펼쳐져 있는 쿠사센리를 뒤로 하며 내려왔다.

일본의 3대 명성 중 하나인 구마모토성(熊本城)을 찾았다. 1607년에 개축된 성으로 임진왜란을 일으킨 가토 이요마사(加蘇淸正)가 내전(內戰)용으로 7년에 걸쳐 완성하였다는 일본에서 손꼽히는 성이다. 겹겹이 둘러싸여 있는 성벽과 1960년에 복원되어 박물관으로 사용되는 50m 높이의 천수각(天守閣)이 무척 인상적이다.

성을 둘러보다 유적지에 한글 설명문이 많은 것을 보고 우리 관광객이 많다는 것도 알았다. 관광객들이 곳곳에 서 있는 당시 모습의 전사(戰士)들과 사진 촬영을 하지만, 임진왜란의 주범 중 하나라는 생각과 성을 쌓고 인공 수로 등을 만들 때 강제로 동원되었을 우리 선조들 생각에 분노가 치밀어 찍지 않았다. 이처럼 우리에게 수없이 많은 침략을 하고, 뼈아픈 고통을 준 일본이 참회는커녕 고등학교 역사 교과서에 독도를 한국이 불법 점유하였다는 등의 만행을 저지르고 있으니 너무 통탄스럽다. 이제라도 우리가 정신을 바짝 차리고 일본이 넘보지 못할 국력을 길러야 하는데……

성 밖의 공원에서 잠시 앉아 쉬고 있을 때 땅바닥을 기어 다니며 흙을 만지는 두 살쯤 된 아기를 보고 우리 일행들이 놀랐는데, 아이 엄마는 주위에서 지켜만 보고 있다. 우리 젊은 엄마들 같으면……. 자연과 더불어 강하게 키우는 육아 모습, 초등학생들이 한겨울에 반바지를 입고 다니기도 하고 가슴에 명찰을 단 것, 체험 학습을 나온 중·고등학생들의 군인처럼 질서 정연한 모습을 보고 많은 생각을 하였다.

돌아오는 길에 평소 상상했던 것보다 훨씬 크고 길쭉하게 아련히 보이는 대마도(對馬島)를 보며, 우리나라 땅이면 참 좋겠다는 생각을 해 보았다. 1949년 1월 7일, 이승만 대통령이 '대마도는 우리 땅'이라고 선언하며,

"대마도는 오래 전부터 우리나라에게 조공을 바쳐온 속지나 마찬가지였는데, 350년 전 임진왜란을 일으킨 일본이 대마도를 무력으로 강점한 뒤 일본 영토가 되었다."면서 기회가 있을 때마다 대한민국에게 반환하라고 요구했다는데, 지금도 국가적으로 그런 노력을 하고 있을까?

우리는 역사적으로 일본에게 나라까지 빼앗기는 등 말로 형언하지 못할 많은 고난을 겪고, 영향을 많이 받아 왔다. 학교 폭력도 어떤 면에서 보면 일본의 영향이 아닐까? 앞으로 일본이나 외국에서 좋은 것만 받아들이고, 좋지 않은 것은 절대로 흉내조차 내어서는 안 되겠다는 교훈도 얻었다.

– "김진웅 칼럼" 〈충청일보〉, 2012년 2월 10일

작은 등용문

계간 〈만다라문학〉 2010년 봄호에 7편의 수필을 응모하며, 씨앗을 뿌렸는데 반가운 단비 덕분에 늦게나마 싹을 틔웠습니다. 그 중에서 당선작으로 선정된 3편을 실어 봅니다.

문단 등단의 소중한 인연을 계기로 더욱 읽는 이가 공감할 수 있는 진솔한 글, 가슴을 따뜻하게 해 주는 글쓰기에 정진(精進)하렵니다. 또한, 한 번 지나가 버린 것은 다시 되돌아오지 않으니 그때그때 감사하게 여기며 보람 있고 풍요롭게 누리겠습니다

바른 말
고운 말

　페루 대통령이 한국에 반해 체류 일정을 하루 연기했다고 한다. 국빈 방한 중인 알란 가르시아 페루 대통령은 지난 2009년 11월 12일, 청와대에서 이명박 대통령과 정상회담을 가진 자리에서 "출국을 하루 연기하겠다."고 말했다. 가르시아 대통령은 이날 회담에서,

　"어제 저녁 한국에 도착해 보니 너무 좋았다. 한강도 멋지다."면서 "한국 외교통상부에 외교적 결례를 무릅쓰고 하루 더 묵고 가겠다."고 부탁을 했다. 국가 정상이 외국 방문 중에 일정을 변경하는 것은 극히 이례적인 일이라고 한다.

　작년 11월 어느 날, 검색을 하다가 인터넷에서 우연히 본 뉴스

기사의 일부를 인용하여 보았다. 무심코 보면 틀린 말이 없는 듯하다. 그러나 '너무 좋았다.'란 말은 좋지 않고, 바르지 못한 표현이지만 흔히 맞는 말처럼 퍼지고 있다. 요즈음 너무 많이 틀리게 통용되고 있다 보니 '그저 그러려니'하고 별걸 다 따진다고 할지 모르겠다. 어디 인터넷 기사뿐일까? 청소년들은 물론 어른들도 거의 그렇게 사용하고, 연예인이나 유명 인사들의 대화나 인터뷰조차도 '너무'란 말을 시도 때도 없이 남발하고 있다.

나는 항상 라디오를 가까이 한다. 내가 생각해도 나는 평소에 라디오를 즐겨 듣는 라디오광인 듯하다. TV 방송국에서는 싫어할지 모르지만, TV는 보면서 다른 일을 못해도 라디오를 들으면서는 업무 처리를 할 수 있지 않은가! 애청하다 보면 소중한 정보와 소식 그리고 삶의 윤활유 역할을 하는 음악도 덤으로 들을 수 있기 때문이다. 내가 즐겨 듣는 모 라디오 방송의 〈여성시대〉, 〈싱글벙글 쇼〉, 〈지금은 라디오 시대〉하면 애청자들은 거의 다 알 것으로 생각한다. 나에게도 아주 유익한 프로이지만, 누구나 들으면 금방 알만한 저명한 두 분이 각각 진행을 하는 중에 "어머니, 너무 맛있어요." "너무 깨끗해요." "너무 좋아요."라는 대화가 자주 나와 안타깝고, 이러한 표현은 '옥에 티'가 되고 말았다. 누구나 알고 있는 사실이지만 방송은 온 국민들에게 지대한 영향을 주는데……. 비단 그 방송뿐만이 아닐 것이며 거의 모두 그렇다고 해도 과언이 아닐 것이다.

'다들 그렇게 쓰는데 나만 공연히 열 받는(?) 것은 아닌가! 혹

시 그렇게 사용해도 무방한 것일까?'

궁금한 것은 그냥 두고는 못 참는 성격 탓에 좀 더 정확히 알고자, 충청북도학생교육문화원에서 운영하고 있는 한글사랑관의 〈한글사랑〉이라는 소식지 창간호(2004년 5월 1일 발행)를 찾아보니 '우리말 바로 쓰기'라는 소제목으로 아주 확실하고 자세하게 예문까지 제시하며 설명되어 있었다.

'너무'는 '정도에 지나침'을 뜻하는 말이다. 우리 주변에서 무심코 '너무 예쁘다.' '너무 고맙다.' '너무 좋다.'라는 말을 사용하는 것을 흔히 들을 수 있는데, 이 말은 잘못된 표현이다. '너무'는 '정도에 지나치게'라는 뜻으로서 부정적인 의미를 갖고 있다. "이 차의 속도가 너무 빠르다." "이 과일은 너무 시다." 등의 표현은 맞는 표현이다. 그러나 "너무 친절하다."는 "지나치게 친절하여 부담스럽다."는 뜻이므로 "정말 친절하다."라고 해야 맞는 표현이다.

또 '너무'를 2002년 1월 발행된 금성출판사의 〈뉴에이스 국어사전〉에서도 찾아보았다. 국어 대사전도 아닌 소형 사전인데도, 예문까지 곁들여 아주 자세하고 확실하게 나와 있었다. 예문과 틀린 말의 보기 글까지 있는 것을 보고, 역시 이 단어는 틀리기 쉬운 말 중 하나라는 것도 알았다.

보통의 정도나 일정한 기준에서 지나칠 만큼 벗어나게 / 문제가 ~ 어렵다. 월급이 ~ 적다. 틀린 말로는 '아기가 너무 예쁘다' / 너무(×) →무척(○), 아주(○). '너무'는 부정적인 어감이 들어 있는 말이다.

〈한글사랑〉지(誌)에도, 작은 국어사전인데도 이와 같이 분명하게 나와 있을 정도로 분명한 말을 언제부터인지 누구누구 말할 것 없이 너무 많이 틀리게 사용하고 있어서 무척 안타깝다. 차라리 한글학회 같은 곳에서 그렇게 사용하는 것도 허용한다는 발표라도 있었으면 좋을 것 같은 절박한 심정이다.

　현실이 이렇다 보니 외국에서 결혼, 취업, 유학 등으로 우리나라로 이주하여 온 외국 사람들이나 다문화 가정 사람들도 대부분 똑같이 모방하여 '너무 좋다.' '너무 예쁘다.' 등을 그대로 따라하고 있는 것은 어떻게 보면 당연하지 않을까! 그들이 처음 우리나라에 와서 모든 것이 낯설고 우리말을 처음 배울 때, 가족끼리 고스톱 오락하는 것을 보다가 눈을 휘둥글리고, 머리를 갸우뚱하는 이야기가 있지 않은가! 바로 "아버님, 죽어요." "어머님, 똥 먹어요." 등과 같은 말을 들을 때 놀라는 모습을 보고 우리는 웃지만 그들의 입장에서 보면 어디 웃을 일일까!

　우리가 잘못 사용하는 말이 헤아릴 수 없이 많겠지만, 한 가지 예를 더 들어 보면, '저희 나라'라는 말이다. 이런 말을 들을 때마다 머리끝이 쭈뼛하고, 화가 치미는 것은 비단 필자뿐일까? 그것도 무슨 박사, 인기 연예인 등 내로라하는 사람들이 방송 등에서 이런 따위의 말을 할 땐 너무 부끄럽고 슬프다. '우리나라'라고 말하여야 할 때에 '저희 나라' '저의 나라'라고 말하는 사람들 때문이다. 그렇게 말하는 연유는 동방예의지국이라 그런지, 비극의 일제 강점기의 영향인지…….

그나마 어느 아나운서나 진행자가 상대방의 마음이 상하지 않게 웃으면서 "예, 우리나라이지요."하고 바로잡으며 진행을 할 때는 마음이 놓이고, 대한민국의 민족 자긍심을 살리는 것 같다. 그렇지만 아무 지적도 안하고 같이 동조할 때는 화가 치밀어 TV나라디오를 꺼 버리기도 한다. 그 진행자 자신도 설마하니 '우리나라'를 모르는지, 그래야만 저명한 상대방을 예우하는 것인지, 자존심을 상하지 않게 하려고 지나치는지 모르겠지만…….

많은 사람들이 사용하는 인터넷의 '한국어 맞춤법−문법 검사기'에도 다음과 같이 나와 있을 정도이다.

'저희'는 '우리'를 낮춘 말로서 상대방에게 자신을 낮추어서 겸양의 뜻을 나타낼 때 쓴다. 하지만, '저희 나라' '저희 민족' '저희 국가'라는 표현은 틀린 말이다. 이 경우에 '저희'를 사용하게 되면 말하는 사람과 아울러 그 사람이 속한 나라, 민족, 국가도 낮추어진다. 자기 나라를 낮추는 것은 지나친 겸손으로 잘못된 표현이다.

필자가 한국교원대학교에서 교장 자격 연수를 받을 때 어느 저명한 교수인 강사가 강의 도중 이런 표현을 자주 쓰기에, 한참 망설이다가 공식 석상에서는 자제하고 쉬는 시간에 질문 삼아 조용히 말씀을 드렸더니 그 교수님은 조금 당황하는 듯했다. 하지만 이내 의연하게 내 의견을 흔쾌히 받아들였을 때, 과연 훌륭한 분은 다르다는 것을 알았다. 또한, 필자도 그런 용기가 어디서 나왔는지 나 자신도 놀라워 자화자찬하는 격으로 박수를 보낸 것을 생각하면 지금도 절로 미소가 지어진다.

　몇 년 전부터 새 정부가 들어서고 외국어 열풍이 더욱 불고 있다. 특히 영어 교육의 강화는 참으로 획기적이다. 전국의 학교에 원어민 교사를 배치하고, 초등학교에는 정부 초청 장학생인 TaLK 장학생과 국내 장학생을 파견하기도 한다. 21세기의 국제화 시대, 글로벌 시대에서 외국어 특히 영어를 잘하도록 교육하는 것은 좋은 현상이다. 그렇지만 영어의 강화로 인하여 자칫 우리말과 우리글을 소홀하게 한다든지 역기능이 있어서는 절대로 안 되겠다. 영어를 가르치더라도 우선 우리말부터 사랑하면서 외국어도 익히도록 하여야 하지 않을까! 영어 열풍만큼, 아니 그 이상의 애정을 갖고 우리말과 글을 사랑하는 분위기가 메아리쳤으면 정말 좋겠다. 마치 우리 고유의 술인 막걸리와 떡이 인기를 되찾는 것처럼.

　잘못 사용되는 말도 그렇지만 고운 말을 쓰는 언어 순화도 문제다. 해가 갈수록 청소년들의 욕설은 위험 수위를 넘은 듯하다. 버스를 탔을 때, 길을 걸을 때, 인터넷 검색을 할 때 등 불쾌할 때가 얼마나 많은가! 어른들도 거친 말을 하는 경향이 많지만, 청소년들이 주고받는 대화는 욕설을 입에 달고 산다 해도 과언이 아니다.

　청소년들뿐만 아니라 온 국민들은 방송, 영화, 광고, TV 드라마, 라디오 등 자주 접하는 대중 매체를 통하여 그릇된 말이나 폭력을 모방하는 경향이 많다. 이런 언어 오염과 막말 등을 방치하면 심리적으로도 폭력성과 공격성이 심각하게 나타나고, 언어 파괴는 자아 존중감 발달과 애국심에도 그릇된 영향을 끼칠 수 있을 것이다. 모쪼록 온 국민이 우리 것의 소중함을 알고 '너무 좋아요.' '저희 나라' 같은 부끄럽고 비열한 말을 하지 말고, '참' '정말' '우리나라'처럼 말 한마디부터 바른 말 고운 말을 쓰며 지켜 나가는 데에, 사교육이나 외국어 열풍 못지않은 사랑과 열정을 갖고 생활한다면 얼마나 좋을까!

우리의 뿌리를
찾아서

얼마 전 보은교육청 주최로 단위학교 자치 문화 실현을 위한 학교운영위원회 연수회가 있었다. 보은정보고등학교의 학교운영위원회 공개 시범 회의를 영상으로 참관하고, 운영위원회 진행 방법이라든가 회의 방법에 대해 자세히 알게 되었다. 대개는 아는 내용이지만 그래도 도움이 많이 되는 연수였다. 이어서 국학원에서 오신 이향례 강사의 '나의 뿌리를 찾아가는 여행'을 주제로 한 특강이 있었다. 고등학교 때 대학 입시 준비 과정 중 사회 과목에서 국사를 선택하였고, 평소에 국사에 대해 관심이 많아 누구보다도 우리 역사를 잘 안다고 자부해 왔지만, 오늘 강의를 듣고 나 자신의 부족함과 무지에 매우 부끄러웠다.

세계 여러 나라들이 자기 나라만의 국학을 부각시켜 국민을 하나로 묶는 일을 국가가 앞장서서 한다. 그러나 우리나라는 단군조선 때부터의 민족정신인 홍익인간(弘益人間)은 역사 교과서에만 있고, 먼 옛날이야기처럼 여기고 있는 것 같다. 잊혀 가는 국학정신 교육을 국가가 아니라 개인 단체인 국학원에서 한다니 이해가 가질 않는다. 10년 동안 북한은 도와주자고 하면서도 이러한 뜻 있는 사업에는 왜 소홀하였다는 말인가! 다행히도 홍익인간 사상을 연구하고 전파하기 위해 충청남도 천안시 목천읍에 국학원을 세우고, 전국 시·도에 지부를 운영하고 있다니 참 기쁘다.

국학은 한민족의 역사와 문화 속에 녹아 있는 철학을 말한다. 이는 우리 민족의 정신적 지주이며 민족 통일의 철학이 되어야 한다는 것이다. 우리 민족의 국학을 구성하는 세 가지 요소가 있는데, 첫째는 민족의 경전인 '천부경'이고, 둘째는 '천지인사상'이며, 셋째는 '홍익인간 정신'이다. 천지인 사상과 홍익인간 정신은 모두 천부경에서 나왔으며 경전이 있는 민족은 문화민족이고, 경전이 없는 민족은 미개민족이다. 우리 한민족의 전신과 철학의 뿌리는 천부경이라는 것도 알았고, 천부경은 81자로 된 세계에서 가장 단순하면서도 심오한 경전이라고 한다.

국학원에서 몇 년 전에 전국의 초등학교에 단군왕검 동상을 설치하였는데 일부 지각없는 자들이 70여 군데 중 3분의 1이나 훼손시켰다고 한다. 필자도 학교 현장에서 그런 이야기를 들었었지만, 어느 나라가 자기 민족의 시조나 상징물을 도끼로 때려 부수고 톱으로 목을 자를 수 있는지 기가 막힌다. 일부 사람들의 그릇

된 편견과 오만이 극에 달해 무참한 일을 저지른 것이다. 우리 모두 반성하고 또 각성할 일이다. 아직도 역사적인 사실을 단지 신화로만 알고 있는 후손들을 보고 국조(國祖)이신 단군왕검께서 얼마나 답답해하고 슬퍼하실까!

오래 전에 강화도에 가서 참성단을 본 생각도 난다. 우리는 단군께서 우리나라를 세우신 날을 기념하기 위하여 개천절 행사를 갖고, 그 개국 정신을 대한민국의 교육 이념으로 삼고 있기는 하다. 이렇게 단군의 개국 정신을 온전히 이어받은 듯하지만, '홍익인간 이화세계'라는 단어는 시험을 볼 때 암기거리 정도로 옛날이야기처럼 여겨지고 있는 것 같다. 그날 관련 동영상과 강의를 듣고 충격을 받았다. 그것이 모두 정사(正史)이고, 역사적 사실이라면……

단군조선이 한반도에 국한되어 있었던 나라라고 지금까지 알고 있었는데, 남북으로 5만 리 동서로 2만 리에 걸쳐 광활한 중국 대륙에 존재하던 단군조선(檀君朝鮮)과 그 이전 상고 시대 5,000년의 화려한 역사를 제대로 지키지 못하고 오늘과 같은 좁은 반도에 밀려와 있다고 한다. 그나마 미미하게 실낱같이 남아 있던 한단(桓檀) 시대의 기록들이 일본 강점기 때, 일본인들의 계획적인 의도로 무려 20여만 권의 역사서가 사라져 버렸다니 참으로 악랄한 만행에 울분을 금할 수 없다.

우리의 전통문화라고 하면 흔히 불교와 유교의 유산과 그 가르침을 내세우고 있다. 우리가 우호적이라고 믿고 있는 우방 국가인 미국 중학교 2학년 교과서에 한국은 고유문화가 없고, 중국과 일본의 아류(亞流)라고 기재되어 있다고 하니 부끄럽고, 치가 떨린다. 이런 우리의 국학과 국사를 연구하고 국제적으로 홍보하는 데 적극 지원하여야 하는데, 우리의 국학이 아닌 공자를 연구하는 유교문화원 같은 곳에나 국가 예산을 지원하고 있다니 미국에서, 다른 나라에서 그렇게 볼 수밖에 없으려니 싶다.

또한, 미국 정부에서 한국 전쟁 휴전일인 7월 27일을 기념일로 정하고 조기(弔旗)를 달았다는데, 우리는 어떻게 했는가 생각하면 참으로 부끄럽기 짝이 없다. 현충일에 서울의 어느 아파트 단지에서 100여 가구 중 겨우 한 가정에서만 외롭게 태극기를 게양한 기가 막히는 장면을 텔레비전에서 본 일도 있다. 우리 집 앞의 아파트도 마찬가지였다.

단군왕검은 신화가 아닌 고조선을 건국한 실재 인물인데, 1910년 이후 이와 같은 엄연한 국조 단군의 역사가 실재 역사가 아니라 신화로 둔갑하는 이상한 일이 일어났다고 한다. 그것은 일본인들이 우리나라를 식민지로 통치하기 위해서는 무엇보다도 일본에 비해 훨씬 우월한 우리 조선의 역사와 문화를 단절시킬 필요가 있다고 보고, 조선총독부 산하에 '조선사편수회'를 두어 식민사학자를 동원해 고조선의 역사를 왜곡하고 말살시킨 데서 비롯된 것이라 한다. 이때에 단군조선 천여 년의 역사는 역사가 아닌 신화로 처리하여 잘라 내고, 기자조선(箕子朝鮮) 천여 년은 기자 동래설의 근거가 없다는 이유로 삭제하여 고조선의 역사가 사라짐에 따라 우리 민족의 역사는 일본의 역사 상한인 2,600년보다 짧은 2,300년으로 축소된 것이라는 것을 듣고 충격을 받았다.

이제 자랑스러운 대한민국이 광복(光復)을 맞은 지도 어언 64년 세월이 흘렀다. 그러나 일제에 의해 강점되었던 국토는 남북으로 분단되어 있고, 그들에 의해 왜곡 말살된 역사·문화는 광복 차원에서 본다면 아직도 해결하여야 할 과제가 수없이 많다는 것을 알았다.

우리 단군조선이 건국한 고조선의 역사며 그 이전 환국과 배달국의 5,000년 역사를 찾아야 하는데도 아직도 식민 사관의 굴레를 못 벗은 우리나라 사학계는 깨어나지 못하고 있다. 국사 교과서에서 잘못 가르치고 있다는 사실이 여러 가지로 입증되고 있다. '전쟁의 신'으로 불리는 치우천황도 중국의 인물로 취급하고, 그 당시의 출토물은 땅속에 묻어 덮어 버리며, 더러는 중국의 역사로 둔갑시켜도 남의 나라 일처럼 여기고 있는 것이 우리의 역사학계의 현주소라고 한다. 지금 이 시점에서 끊어진 역사의 맥을 다시 잇고, 왜곡된 문화의 본질을 다시 찾는 작업이야말로 우리 민족이 당면한 시대적 과제 중에서 가장 선결해야 할 과업이라고 할 것이다. 뿌리 없는 나무가 어떻게 가지와 잎이 번성할 수 있으며, 새암이 없는 물이 어떻게 도도한 강물로 흐를 수 있겠는가?

우리는 우수한 민족이고, 어려움을 당하면 모든 국민이 일치단결하여 국난을 극복해 나갈 줄 아는 위대한 민족이기 때문에 앞으로 희망과 비전은 매우 원대하다. 1996년 I.M.F 때는 금 모으기, 2007년 태안 기름 유출 사고가 일어났을 때도 국민들이 돌 하나하나를 닦는 눈물겨운 열정과 아름다운 홍익 정신을 보여 주었다. 또 2002년 한일 월드컵 때도 붉은 악마들을 중심으로 한 응원 함성은 전 세계를 놀라게 했고, 그 단합된 힘으로 월드컵 4 강의 신화를 이룩하지 않았던가!

요즘의 세계는 고유가 파동과 유례없는 경제난으로 허덕이고 있다. 거기다 "지구 온난화 현상은 지구의 위기"라고 과학자들은 말하고 있다. 그래서 요즘 폭우가 마치 물 폭탄처럼 쏟아 붓고 있다. 그러나 "위기가 기회"라는 말이 있듯이 온 국민이 뭉쳐서 비전을 가지고 땀 흘려 일한다면 얼마든지 극복할 수 있다.

조지 아담스키(George Adamski, 1891- 1965)는 1950년대에 한국 미래에 대한 예언을 했다. 한국에서 세계에서 처음으로 과학혁명이 일어나고, 그 후에 영혼혁명이 일어난다. 민주적으로 통일된 한국은 진정한 독립을 달성하여, 세계에서도 깜짝 놀라는 비약을 한다. 서기 2천 년대에 이르면 노벨상을 받는 한국인이 급증하고, 통일된 한국은 완전히 전화(電化)된다. 초가와 온돌방은 찾아볼 수 없고…… 또 한국의 수학자들이 재편한 한글이 세계어로 채택된다. 세계의 영혼을 지배하고 세계철학에 옳은 방향을 심어주는 한국이 세계의 중심국이 된다.

이 밖에도 샨 볼츠(미국), 하이디 베이커(영국), 존 티토(미국) 등 세계 예언가들이 "통일 후, 한국은 전 세계에서 가장 강력한 영적·경제적 강국이 될 것"이라는 신기한 예언을 하였다. 말 그대로 예언이겠지만, 초가를 찾아볼 수 없다든지, 정보 강국이 된 현실을 보면 아주 허무맹랑하지는 않은 것 같다.

앞으로 전 세계의 영도자는 우리 한민족 중에서 나온다고 하고, 우리 한글처럼 소리글자와 뜻글자를 쓰는 나라가 주도하고, 세계의 중심이 미국과 일본에서 대한민국과 중국으로 된다고 한다. 세계의 강대국들이 많은데 그렇게 될 수 있을까? 생각도 되지만, 희망과 가능성은 충분하다고 여겨진다. 그 여명과 같은 증거로 전 세계 229개 국가 중 영토는 102위, 인구 규모 59위로 매우 좁고 적지만, 반기문 유엔 사무총장을 배출(輩出)하고, 세계 경제력은 11위(2005년 OECD 통계)이고, 전 세계에서 1위를 하는 것으로 반도체, 조선, 컴퓨터 보급률, 초고속 통신망, 교육열…….

이런 것으로 보아도 가능성을 충분히 입증하고 있지만, 가만히 기다리기만 한다면 소용이 없을 것이다. 치밀한 전략으로 차근히 준비하고 힘을 길러, 우선 한반도를 평화 통일하고 중국의 광활한 영토를 호령하던 한단 시대를 다시 맞을 준비를 해야 되지 않을까? 그러나 이러한 비전을 주도하여 대비하여야 할 국회의원 등 일부 지도자들은 국민들은 안중에도 없고, 서로 당리당략으로 조선 시대의 망국적인 당파 싸움 같은 짓만 하고 있으니 걱정이다. 제발 일반 국민들은 모르더라도 보안을 유지하며 국가의 당찬 미래를 준비하는 위대한 영도자가 많기를 바란다.

지난 9월 4일은 우리의 땅 간도를 빼앗긴 지 100년이 되는 날이라고 한다. 국제법상 100년이 지나면 효력이 없다고 하니 국가적인 차원에서 분명히 주장했었기를 바랄 뿐이다. 여야(與野)를 불문하고 어느 당에서 이러한 정책을 내세우고 국가와 민족을 위해 일한다면 얼마나 감격스러울까? 당연한 의무 같은 이러한 역사적 과업은 생각조차하지 않고, 엉뚱한 싸움만 하고 있으니…….

우리의 반만년 역사와 함께한 간도! 우리 조상들의 숨결이 아직도 살아 있는 간도! 간도는 대한제국 시절 간도관리사까지 파견하여 관리되었던 우리 대한민국의 자랑스러운 영토였다. 그러나 그러한 간도의 운명은 일제가 불법으로 청나라에 넘긴 간도 협약으로 인해 영토의 주인이 바뀌었다. 우리나라는 '간도 협약' 이후 35년간의 일제 강점기와 분단과 전쟁, 그리고 남북 대치의 민족적 불행을 겪으면서 100년이 다 되도록 간도 협약이 무효임을 제대로 주장하지 못하여 왔으니 통탄할 일이다. 그러한 사이 중국은 이른바 동북공정과 백두산공정을 대대적으로 실행하여 우리 고대사를 왜곡하고 가로챔으로써 궁극적으로 우리 땅 간도를 영구적으로 차지하려는 속셈을 드러내고 있고, 일본도 악랄할 정도로 기회만 있으면 독도를 자기네 땅이라고 억지 주장을 하고 있지 않은가!

국학원에서 오신 이향례 강사의 훌륭한 강의를 더 많은 사람들이 들었으면 좋겠다는 바람을 가져 보았다. 지금까지 몰랐던 우리

의 뿌리를 찾아야 하고, 천부경 같은 우리의 국학을 중심으로 위
대한 민족답게 국력을 길러 세계의 중심이 되어야 한다는 것도 알
았다. 언제 시간을 내어 천안에 있는 국학원을 찾아가서 소중한
우리의 뿌리에 대하여 체험하고, 더욱 배우겠다고 다짐했다.

우암산
예찬

일상생활의 스트레스에서 잠시라도 벗어나기 겸 운동을 할 때 나는 산에 오르곤 한다. 지난여름 어느 날 새벽 5시에 출발하여 우암산에 오르니 발걸음이 날아갈 듯하였다. 뿌연 안개가 산기슭을 휘감고 있었고, 갖가지 이름 모를 산새들과 풀벌레들이 음악회를 벌이고 있었다. 풀잎의 아침 이슬은 아직 해님이 떠오르지도 않았는데도 영롱한 빛을 발하며 반겨 주었다. 상당산성의 맥을 이어온 청주의 진산답게 많은 사람들의 사랑을 받는다. 더욱 한낮의 따가운 햇볕을 피할 수 있어서 더욱 행복한 새벽이었다.

'새벽은 참으로 황금 같은 시간이구나. 오늘 늦잠을 잤더라면 이렇게 소중한 시간을 갖지 못할 뻔 했네. 「일찍 일어나는 새가 벌레를 잡는다.」라는 말처럼 새벽은 부지런한 사람들 차지구나. 대

부분 사람들은 지금쯤 꿈나라를 헤매고 있을 거야.'

생각하니 내가 참 부지런하고, 도(道)라도 닦고 있다는 생각마저 들었다.

비단 같은 안개가 드리워져 있는 나무들을 바라보고 비탈길을 오르다 발에 무언가 딱딱한 것이 걸려 발가락이 무척 아파 내려다보니, 길가의 바위가 뾰족하게 나온 것을 모르고 걷어찬 것이다. 나도 모르게 발로 그 바위를 밟으며 원망하다가 망치로 머리를 얻어맞은 것 같았다. 바위가 나에게 꾸중을 하고 있는 소리가 들리는 듯했기 때문이었다.

'내가 널 괴롭혔니? 네 발이 가만히 있는 나를 건드렸지. 사람들이 우리 자연을 파헤치고, 못살게 굴고, 훼손하는 게 아니냐?'

그런 생각을 하니 정말 맞는 말이었다. 그 때까지는 바위고, 돌이고 하찮은 것으로 생각했는데 그게 아니었다. 그 바위는 언제부터 이 자리를 지킨 주인이란 말인가! 우암산이 생길 무렵, 아니 지구가 생성될 무렵부터 있었는데 하루살이도 안 되는 내가 나타나 호령을 하다니! 또한, 잡목들도 사람들은 우습게 알지만 앞으로 몇 십 년, 몇 백 년을 살 수도 있지 않은가! 그런데 나는 앞으로 몇 십 년이나 이 산을 더 올라올 수 있을까! 마치 의료 실비 건강보험에 가입할 때 55세 이전이어야 마음대로 고를 수 있다고 많은 사람들은 말한다. 그래도 아직은 60세 이하라서 가입할 수는 있지만 가입한다고 해도 보상 혜택을 앞으로 몇 년이나 받을 수 있으며, 만기 시 지급되는 보험료는 누가 수령하게 될 것인가? 야

룻한 기분이 들고, 인생무상도 떠올랐다.

의연한 생각을 하며 오르자니 등산로 옆 길섶에서 칡덩굴과 환삼덩굴들이 괴롭혀도 홀연히 서 있는 족히 20년은 되어 보이는 무궁화나무를 보았다. 전에도 보긴 보았지만 무심코 지나쳤기에 오늘 같은 느낌은 없었다. 나무를 괴롭히는 넝쿨들이 덮은 속에서도 나라꽃 무궁화를 활짝 피우고 있었다. 30년 동안 학생들을 가르치고 지금은 학교 관리자로서 근무를 하면서 나름대로 국가와 민족을 사랑하는 삶을 열심히 살아왔다고 생각하여 왔지만, 나보다 무궁화나무가 더 위대하여 보였다.

나도 모르게 배낭에서 작은 칼을 꺼내 아침 이슬에 젖고, 가시덤불에 긁히며, 또 숲에 도사리고 있을지도 모르는 뱀의 위험을 무릅쓰고, 우리나라를 호시탐탐 노리는 외적 같은 덩굴들을 잘라 주었다. 덤불을 제거할 때 지나가는 등산객들이 흘깃흘깃 바라보았다. "안녕하세요. 좋은 아침입니다."라고 인사를 건네니 처음에는 아는 사람인 줄 알고 쳐다보다가 계면쩍은 표정을 짓고는,

"좋은 일 하시네요. 그런 일은 희망 근로하는 사람들이 하는 일인데……"

하며 지나갔다. 글로벌 시대에 우리나라 사람들도 마주치면 미소를 지으면서 인사말 정도는 나누는 분위기가 되었으면 좋겠다. 외국 사람들은 우리나라 사람들이 항상 화를 내고 있는 것 같다고 한단다. 외국 여행에서 선진국 사람들이 환하게 웃으며 인사할

때 얼마나 기분이 좋았던가!

　'등산로뿐만 아니라 도로변이나 공원 등지에도 나라꽃 무궁화를 많이 심으면 좋을 텐데…….' 몇 십 년 전에 비하여 무궁화를 훨씬 덜 심고, 벚나무 같은 나무를 많이 심는 것을 보고 걱정이 되었다. 기회 있으면 시청이나 산림청 같은 곳에 제안을 하고 싶다. 그런 생각을 하며 등산로 변을 유심히 보니 대부분 '좀작살나무'가 심어져 있었고, 무궁화는 중턱 한군데에 아직 꽃 한 송이 피우지 않는 어린 나무 10여 그루 심어져 있는 것이 고작이었다. 좀작살나무 대신 나라꽃 무궁화를 많이 심었으면 얼마나 좋을까!

　광덕사로 통하는 길로 접어드니 대웅전 앞의 샘 안에는 관세음보살상이 있다. 새벽에 솟아오른 맑디맑은 생수를 한 바가지 마시니 온갖 시름이 다 사라지고, 우암산의 기를 받는 것 같았다. 이제 오솔길이 반겼다. 경치에 취해서 무아지경으로 가는데 길가에서 장끼가 소리도 요란하게 솟아올랐다. 화들짝 놀랐어도 그 꿩이 밉지 않은 것은 수풀의 힘이요, 어머니 품 같은 우암산의 품속이기 때문이다.

　드디어 '우암산 해발 353M'라는 표지석이 세워져 있는 정상에 오르니 마침 희망찬 태양이 솟아올랐다. 매일같이 떠오르는 해님이지만 정상에 올라 맞이하는 일출은 정말 장관이었다. 내 몸의 불편한 곳이 모두 씻은 듯이 낫고, 만복을 모두 받는 것 같았다. 하루속히 등단도 하여 독자가 감동을 받는 진솔한 수필을 많이 쓰고, 인정받게 해 달라고 기도를 하는 나 자신을 발견할 수 있었다. 우암산은 속리산 천왕봉에서 서북쪽으로 뻗어 내려온 한남금북정맥 산줄기에 속하며 경기도 안성의 칠장산으로 이어진다. 예로부터 와우산(臥牛山), 모암산(母岩山) 등으로 불리는 청주의 진산이라서 청주의 상징이요, 자랑거리이다.

아침의 신비와 환희 속에 여기저기서 "야호-"를 외치는 사람들을 뒤로하고 내려오는 길에 고씨샘물에서 생수를 받으려고 줄을 섰다. 청주시상수도사업본부에서 얼마 전에 실시한 수질 검사 결과표도 게시되어 있었다. 47가지 검사 항목 결과 '적합'이라고 씌어 있는 종합 판정이 먼저 눈에 들어와 볼 때마다 이런 좋은 물을 마실 수 있다는 것이 행운이라는 생각이 들었다. 옛날에 이 깊은 산속에 고씨 성의 사람이 살던 민가가 있었고 지금도 집터가 남아 있다. 산속이지만 이렇게 좋은 생명수가 끊임없이 솟아나고 있으니 살 수 있었을 게다. 이른 아침인데도 물을 긷는 사람들이 많아서 기다리는 동안 사람들의 표정을 살피니 모두들 행복해 보였다. 구수한 정담들도 간간이 들리는 정겨운 샘터다. 여기서는 경제난도, 불경기도 모두 안개 걷히듯 사라지는 것 같았다. 부부가 함께 온 사람들이 더욱 행복해 보였다. 나도 아내와 같이 오고 싶었지만, 발목을 다친 상태이고 아침 식사 준비로 인해 오지 못했다. 다른 사람들이 나를 보고 혼자 사는 사람이라고 할 것만 같지만, 나는 초월하기로 했다. 누구든지 나이 들어가며 제일 소중한 것은 건강이요, 부부가 건강하게 해로(偕老)하는 것이 행복의 으뜸일 것이다.

내려올 때는 소나무가 즐비하게 서 있는 오솔길로 왔다. 중간에
왕릉처럼 큰 묘지의 주인은 누구일까! 꽤나 부귀와 권세가 있었
던 사람의 만년유택(萬年幽宅) 같다. 그렇다면 나의 이 세상 하직
모습, 그때 나의 집(?) 모습, 나의 자식들은······. 갑자기 숙연해지
고, 시간이 더욱 소중하고, 세월이 덧없이 빠른 것 같다. 말 그대
로 쏜살같이.

울창한 소나무가 빼곡하게 서서 맞이하는 사이로 등산로가 있
다. 필자는 그 소나무 오솔길을 '세심로(洗心路)'라고 명명(命名)
했다. 이 길을 걸으면 몸이 거뜬한 것은 물론이고, 온갖 스트레스
와 걱정거리가 없어지며 해결되는 것을 매번 느끼곤 한다. 배낭을
잠시 내려놓고 소나무 숲 속으로 들어가 심호흡을 하였다. 몸속의
나쁜 것은 모두 배출하고 좋은 공기와 기를 받곤 한다. 웃옷과 바
지라도 훌훌 벗고, 거풍(擧風)이라도 하고 싶어진다.

온 산을 간벌을 하여 쌓아 놓은 소나무와 가지들이 빨갛게 말
라서 점점 썩어 가고 있었다. 갑자기 아까운 생각이 들었다. 산림
청 같은 관련 기관에서 간벌한 나무를 활용하는 방안을 연구하였
으면 얼마나 좋을까! 기름 한 방울 안 나는 나라에서. 요즈음 드
물게 나무 보일러가 사용되고는 있지만 대개는 그냥 썩어 가고 있
다. 고등학교 다닐 때 주말에 청주에서 동쪽으로 삼십 리가 넘는
고향으로 걸어가면 촌음을 아껴 공부를 하여야 할 시기에 나무를

해야만 했었다. 그 당시엔 집집마다 아궁이에 나무를 땠었고, 산들이 헐벗어 땔나무를 할 때 보통 귀한 것이 아니었다. 심지어 청주 사람들이 삼십 리 이상 되는 곳까지 와서 뒷산에 해 놓은 나무를 몰래 짊어지고 가기도 했다. 지금도 나에게는 짙은 향수를 지니게 하지만, 젊은 사람들과 자라나는 학생들은 호랑이 담배 피우던 옛날이야기로만 들릴 것이니 격세지감이다.

생수를 길어 오는 것을 본 이웃집 아주머니가 한 말씀했다.

"선생님, 참 부지런도 하시네. 우리는 마시는 물도 사서 먹는데……."

길어 온 물을 한 컵씩 따라 주니 무척 달게 마셨다. 이웃 사랑이, 가족 사랑이 소록소록 샘솟는 것 같았다. 퐁퐁 솟아나는 고씨샘물처럼. 땀으로 젖은 몸을 샤워를 하고 아침 식사를 하니 그야말로 꿀맛이었다. 새삼 우암산의 고마움과 운동의 필요성을 깨달을 수 있었다. 앞으로도 더욱 '요산요수(樂山樂水)'라는 말처럼 산과 자연을 사랑하고 아껴주며 건강하고 활기찬 웰빙 생활을 하자고 다짐하여 보았다. 의연하고 우람한 모습으로 언제까지나 이 고장을 지켜 줄 우암산이 나에게 기(氣)를 넣어주며 격려하여 주고 있었다.